STENDHAL
ROMAN ET LIBERTÉ

VICTOR BROMBERT

STENDHAL
ROMAN ET LIBERTÉ

Éditions de Fallois
PARIS

Titre original : Stendhal. *Fiction and the Themes of Freedom* (1968)

La version française de ce livre est due à l'auteur.

22 rue La Boétie, 75008 Paris

ISBN 978-2-87706-641-9

À Bettina

À Jean Boorsch, il maestro

AVANT-PROPOS

Une première version de ce livre a vu le jour en 1968, en langue anglaise, sous le titre *Stendhal : Fiction and the Themes of Freedom* (New York, Random House). Ce n'était pas mon premier livre sur cet auteur. J'avais déjà écrit quelques années auparavant, et en français, *Stendhal et la voie oblique* (PUF), qui étudiait les procédés narratifs et les démarches ironiques du romancier, son rapport complexe avec ses personnages et son lecteur. Cet ouvrage, qui s'adressait à un public universitaire, examinait en détail la présence de l'auteur dans son texte, son besoin de se désolidariser de ses héros, de brouiller les pistes, afin de mieux protéger sa propre sensibilité et celle de ses personnages.

Le livre que je donne à présent dans une version française est très différent. C'est une étude d'ensemble, mais qui serre de près les œuvres pour dégager les grands thèmes stendhaliens de la liberté et de la recherche du moi. À partir de ces thèmes, le livre aborde divers aspects de l'œuvre intimement liés entre eux : la quête de la sincérité, la difficulté de se connaître soi-même, l'importance du masque et du déguisement, le rapport entre autobiographie et roman.

Récrire ce livre en français, en donner une version qui n'est pas une traduction mot à mot, signifiait inévitablement, et à ma surprise, écrire un livre qui n'est pas tout à fait le même. À ma surprise aussi – et je n'ai pas de honte à l'avouer – écrire cette nouvelle version m'a donné la joie de revivre l'époque maintenant lointaine où j'ai d'abord découvert Stendhal. On revient, dit-on, à ses premières amours. À vrai dire, je n'ai jamais cessé d'aimer Stendhal.

CHAPITRE 1

LES TENTATIONS DE L'AUTOBIOGRAPHIE

L'« égotiste »

Il est des stendhaliens fervents qui préfèrent aux grands romans de Stendhal les pages de son autobiographie inachevée, la *Vie de Henry Brulard.* Ces « brulardistes » impénitents constituent l'aile extrême de la secte des *happy few* connus sous le nom de beylistes. Henri Beyle, leur héros, leur apparaît d'abord comme un grand maître dans l'art de se regarder vivre, un modèle de liberté d'esprit, un allié dans la quête difficile de la sincérité. En lui, ils affectionnent le paradoxe incarné : l'ironiste passionné, le cynique tendre et ému, le non-conformiste pudique, l'être lucide qui se veut dupe de ses rêves. Car le beylisme – mot qu'Henri Beyle a lui-même inventé – signifie sensibilité spéciale ainsi que l'art de la masquer, une façon de se concevoir dépourvue de prétention et de sentimentalisme, une recherche du plaisir qui exclut la facilité.

C'est Stendhal le romancier, créateur de Julien Sorel et de Fabrice del Dongo, plutôt que Beyle l'« égotiste », qui nous intéresse ici. Mais la *Vie de Henry Brulard* peut servir de point de départ. Il est vrai que ce ne fut que sur le tard, durant son consulat à Civitavecchia éprouvé comme un long exil, que Stendhal se mit sérieusement à explorer son passé. *Henry Brulard,* ce texte tout primesautier où il revit avec intensité les instants indélébiles de son enfance, nous plonge au cœur des grandes préoccupations stendhaliennes. Plus explicitement qu'ailleurs, l'auteur y révèle ses penchants, ses sentiments et ses ressentiments intimes, ainsi que son attirance envers tout ce qui touche au mystère de la personnalité.

Fiction et biographie sont étroitement liées dans le contexte stendhalien, moins dans le sens d'un rapport causal que par la façon dont Stendhal envisageait le processus narratif. La conduite de ses romans correspond à la recherche d'un accord toujours fuyant entre vivre et se voir vivre. En cela, il comprenait parfaitement que biographie et roman mettent tous deux en cause les tensions inévitables entre les concepts de destinée et de liberté. Car tout texte romanesque, ou biographique, établit avec plus ou moins de complexité un rapport conflictuel entre différents ordres temporels et différentes manifestations de la liberté : celle d'un *moi* (ou personnage) conçu en tant que projet et désir ; et celle d'un narrateur tissant son texte à la recherche de signification. De toute évidence, ce clivage s'avère également typique de l'autobiographie. Et ces tensions au cœur de tout récit sont ressenties par Stendhal avec une acuité toute particulière. D'où pour une large part les ambiguïtés de son ton et de son style.

La tentation de l'autobiographie devint particulièrement insistante après 1831. Les corvées du nouveau consul dans le port des États pontificaux, les constantes interruptions, ainsi que l'autocensure qu'il pensait devoir s'imposer en tant que représentant du gouvernement de Louis-Philippe, décourageaient sans doute tout travail de longue haleine dans le domaine du roman. Dans une lettre du 23 juin 1832 à Henri Dupuy, il fait part de sa résolution de ne rien publier tant qu'il sera en fonction. Mais le démon de la littérature était tenace. Dans son franglais assez spécial, il notera en marge d'un de ses écrits que la véritable occupation de son âme restait la même : « *to make* chef-d'œuvre [1] ». Le travail autobiographique exigeait sans doute moins d'effort suivi que la composition d'une œuvre romanesque. Mais l'autobiographie ne représente nullement un retrait, ni même une nouveauté. Bien des textes posthumes démontrent que dès son arrivée à Paris en 1799, à l'âge de 16 ans, le jeune Henri s'adonne à d'interminables notes intimes, pages de journal, discussions et dialogues critiques avec lui-même, projets de sièges amoureux, analyses de ses propres défauts et qualités, autoconsultations de nature presque clinique. Il n'est pas jusqu'à ses prétendus gribouillages sur ses vêtements (manchettes, ceintures, bretelles) qui n'attestent une tendance, dont il s'amuse lui-même, à s'observer, à se considérer à la fois comme objet et sujet. Ce dédoublement créateur anime son *Journal* (1801-1823), et aboutit, bien des années plus tard, à ses deux grands textes autobiographiques, *Souvenirs d'égotisme* (1832) et la *Vie de Henry Brulard* (1835).

En écrivant ces pages, Stendhal ne fait que revenir à ses premiers écrits intimes où il avait appris à se traiter en tant que personnage, à se dédoubler pour pouvoir se juger, à se surprendre et à se connaître dans l'acte d'écrire, à mentir au besoin pour inventer le vrai. À première vue, *Souvenirs d'égotisme* (le mot « égotisme » indique ici connaissance autant qu'amour de soi-même) offre de premier jet des esquisses pittoresques, des états d'âme et des anecdotes piquantes se rapportant à sa vie parisienne dans les années 1821-1830 : son séjour à l'Hôtel de Bruxelles, sa nostalgie pour Milan et pour Métilde Dembowski qui n'avait pas voulu de lui, les soirées dans le salon des Destutt de Tracy où il rencontre le vieux général de La Fayette, les parties de pharaon tard le soir chez la *prima donna* Mme Pasta, son voyage en Angleterre et ses touchantes aventures avec des prostituées, ses rapports avec Mérimée, la fréquentation du groupe libéral chez Delécluze. Mais le vrai sujet des *Souvenirs d'égotisme* n'est pas sa vie quotidienne durant ces années. C'est la possibilité même d'écrire sur soi-même, de se connaître – en d'autres mots, le problème troublant de la sincérité.

Mais la sincérité suffit-elle ? Quel œil peut se voir soi-même ? se demande-t-il tristement à plusieurs reprises durant cette époque. « Quel homme suis-je ? » – telle est la question qui apparaît à la première page des *Souvenirs d'égotisme.* Mais où trouver la réponse ? L'impossibilité de savoir lui enlève le sommeil. « Je ne me connais point moi-même et c'est ce qui quelquefois, la nuit quand j'y pense, me désole. » Consulter un ami, un témoin objectif ? Même aux questions fondamentales – est-il bon, méchant, spirituel, bête ? – nulle réponse ne saurait parvenir de l'extérieur. Bloqué entre le désir de se révéler et la crainte d'*être deviné* par le regard d'autrui, Stendhal ne réussit qu'à se compliquer la recherche d'un moi qui lui échappe. Le masque qu'il s'évertue à porter afin de protéger son moi intime ne l'aide pas à se révéler à lui-même. En fin de compte, seul l'acte créateur – celui de l'autobiographe ou du romancier – lui permettra de reconstruire, ou plutôt de construire, une certaine vérité sur sa personne. Telle est sa grande intuition dès son adolescence, bien avant qu'il ne songe à écrire des romans, et qui éclaire du coup les interminables dialogues avec soi-même, l'habitude de se traiter à la troisième personne, ainsi que son goût immodéré pour les pseudonymes.

Le charme impertinent de la *Vie de Henry Brulard* caractérise déjà les *Souvenirs d'égotisme*. Bien que Stendhal ait du mal à savoir qui il est, il sait parfaitement ce qu'il déteste et ce qu'il aime. Et il déteste beaucoup de choses : les êtres grossiers, la chaleur extrême, les propos libertins français, le son du liège qu'on coupe, l'ennui (pour lui le péché sans rémission), la laideur de Paris où, de même que Rousseau avant lui (et sans doute pour l'avoir trop lu), il déplore l'absence de montagnes. Il est fier en fait de son « irritabilité nerveuse » ; bien que robuste et même ventripotent, il se félicite d'avoir une « délicatesse de nerfs *italienne* ». Mais ces aversions allégrement évoquées sont aussi signes de ferveur. On dirait que l'enthousiasme chez Stendhal dépend de sa disposition à s'indigner. *Souvenirs d'égotisme* établit aussi un inventaire de ce qu'il aime : les opéras de Cimarosa et de Mozart ; l'Italie, et tout spécialement Milan qu'il considère comme sa patrie d'adoption ; les plaisirs que lui procurent une robe bien faite, les rêveries, les promenades solitaires dans des villes inconnues. Le catalogue est imprévisible. Ce qui compte, ce n'est pas tant la source du plaisir, que l'intensité de la réaction. Frissonner de bonheur au son inattendu d'un nom aimé, rêver des pouvoirs magiques que le Tasse attribue à l'anneau d'Angélique, se délecter des servitudes de son propre cœur – voilà ce qui importe. Stendhal se réjouit d'être incapable de maintien grave et compassé. Semblable au comte Mosca dans *La Chartreuse de Parme*, il conserve autour de la cinquantaine une surprenante fraîcheur de sensations, ainsi qu'une vulnérabilité émotive relevée par l'ironie et la lucidité. Même la vocation d'écrivain est présentée sans emphase, grâce à une amusante et poétique métaphore du ver à soie (« cette laide bête ») qui, ayant mangé assez de feuille de mûrier, désire maintenant grimper pour faire « sa prison de soie ».

Mais la légèreté du ton ne doit pas tromper. Il existe aussi un registre plus sombre dans *Souvenirs d'égotisme*. Et tout d'abord, la tentation du suicide : après son retour de Milan en 1821, Stendhal prend l'habitude de dessiner des pistolets dans les marges de ses manuscrits. Il connaît la douleur, au réveil, de se « réapprendre » sa solitude et son désespoir. Mais il y a la pudeur stendhalienne, le silence des émotions fortes, la crainte de trop se révéler, et d'avilir ce qui lui est le plus cher. Il préférera, comme il l'explique dans les toutes premières pages, sauter le bonheur, ne pas décrire les moments heureux de peur de les déflorer.

Nous touchons ici aux thèmes de la dissimulation et du déguisement qui constituent, Stendhal est le premier à le reconnaître, le fondement de sa vocation de romancier. « Je porterais un masque avec plaisir ; je changerais de nom avec délices. » Il s'agit au départ de rester impénétrable au regard d'autrui, de « *n'être pas deviné* » (c'est lui qui souligne). Pour cacher ses blessures, ainsi que pour dissimuler ses enthousiasmes, Stendhal apprend à parader en cynique, à laisser son esprit de brillant causeur devenir « le bouffon de son âme ». Mais se cacher de la sorte veut dire jouer un rôle, devenir autre. C'est bien ce qu'il constate. « Je suis accoutumé à paraître le contraire de ce que je suis. » Instinct de romancier : le goût de l'incognito, le besoin du masque, sont en rapport étroit avec le désir de créer un personnage. Porter un masque, c'est bien essayer un rôle, c'est se découvrir en se fuyant, c'est jouer à celui qu'on n'est pas. Et s'évader hors de soi-même, vouloir être autre en se déguisant, peut aussi servir à se révéler à travers la voie oblique du roman.

La *Vie de Henry Brulard* (1835), que Stendhal commence à rédiger quelques années à peine après avoir abandonné *Souvenirs d'égotisme*, offre des aperçus plus pénétrants encore sur les rapports entre dissimulation et invention d'un moi. L'emploi d'un pseudonyme pour le titre d'une autobiographie (bien que les initiales H. B. correspondent au vrai nom de Stendhal, Henri Beyle) indique une relation de sujet à objet qui sépare l'auteur de son protagoniste. Le choix d'un pseudonyme peut au demeurant être interprété comme un désaveu : une affirmation de rupture avec son père et avec son origine. Le refus du patronyme, selon la convaincante analyse de Jean Starobinski, peut être interprété comme succédané de parricide, mais aussi comme refus de toute prédestination. Le mythe récurrent dans les romans de Stendhal d'une naissance spéciale correspondrait au rêve d'inventer sa propre destinée[2]. L'auteur-biographe travaille en effet à devenir son propre créateur. Les thèmes de libération et d'identité sont au cœur même de la *Vie de Henry Brulard*. Toute son enfance apparaît à Stendhal comme un emprisonnement et un apprentissage de la révolte. L'image du père se présente comme le symbole de la mesquinerie oppressive. La quête de liberté et de l'identité (« Qu'ai-je été, que suis-je ? ») va de pair avec le reniement du père réel, reniement qui dans les romans prend la forme de la recherche d'un père spirituel. Et cette recherche d'une identité *autre* prédispose Beyle-Stendhal à se traiter en tant que création. Le personnage évoqué se manifeste à la fois comme l'enfant qu'il fut et qu'il est resté (agent libre, capable de surprendre), et comme l'œil du scripteur lui-même mobile, qui observe et juge cet enfant avec amusement et indulgence. Innocence et expérience, temps vécu et temps remémoré, se trouvent ici entrelacés.

Les étonnantes pages lumineuses et automnales sur lesquelles s'ouvre la *Vie de Henry Brulard* forment un exorde où le regard de l'auteur, à partir du mont Janicule, cherche à embrasser à la fois le panorama de Rome et le panorama de sa vie. D'entrée de jeu, le glissement du regard discrédite l'idée d'un panorama fixe et stable, à la manière d'un plan de ville. Stendhal distingue à distance Frascati et Castel-Gandolfo, et plus près de lui, la villa Aldobrandini et les orangers d'un couvent. Il se dit que bientôt il va avoir la cinquantaine. La vue d'ensemble devient narration. Les temps mêmes se confondent. Le temps historique est juxtaposé au temps personnel. Les lieux de l'histoire de Rome – le tombeau de Cecilia Metella, Saint-Paul, la pyramide de Cestius, le palais de Monte-Cavallo – sont placés en regard de son histoire privée : 1783, 1793, 1803... l'époque de Napoléon, et à présent, cette journée ensoleillée et fugace. Ce double temps, historique et personnel, est à la fois relativiste et émouvant. Réminiscences, méditation lyrique, présence de la Rome ancienne et moderne, se confondent sous le signe du transitoire, du vieillissement, et de la rétrospection.

Il ne faut pas cependant sous-estimer la valeur documentaire de la *Vie de Henry Brulard* qui nous informe en détail sur l'enfance d'Henri Beyle dans sa ville natale de Grenoble. Les réactions de l'enfant à son milieu bourgeois et à sa famille attachée à l'Ancien Régime expliquent les sentiments ambivalents du futur écrivain à l'égard de Napoléon, de la Restauration, de la monarchie de Juillet, de la démocratisation du goût. Aristocratique par inclination, jacobin par réaction contre un ensemble de valeurs périmées, Stendhal se sent à cheval sur deux siècles, condamné à regarder vers l'avenir et vers le passé avec des doses pour ainsi dire égales de curiosité et de nostalgie.

Contrastes et antithèses dirigent son imagination. Le monde de son enfance est nettement divisé : d'un côté, les êtres méprisables (préfigurant les Valenod et Rassi de ses romans) ; d'autre part, les esprits libres, les élus, les *happy few*. Le besoin de comparer et de contraster – véritable dynamique du mépris et de l'admiration – se manifeste d'emblée à travers l'habitude de séparer sa famille en deux camps. Du côté du père, tout est morosité, hypocrisie, calcul mesquin. Chérubin Beyle, avocat au Parlement de Grenoble, est pour son fils l'incarnation de tout ce qui est provincial et étroit. Alors que sa mère, qu'il a perdue à l'âge de 7 ans, et pour qui il prétend avoir éprouvé les premiers transports d'amour physique (« Je voulais couvrir ma mère de baisers et qu'il n'y eût pas de vêtements »), restera pour lui l'image première de la grâce et de la sensibilité poétique. À ce côté Gagnon de sa famille, il se plaît à attribuer une origine italienne, son propre amour pour le Tasse et l'Arioste, ainsi que les mouvements généreux et passionnés de l'âme qu'il définit par le concept vaguement cornélien d'« espagnolisme ». Espagnolisme et provincialisme étaient destinés à s'affronter dans ses romans.

Stendhal ne s'est jamais vanté de sa mémoire des faits. C'est à sa mémoire affective qu'il nous demande de faire confiance, reprenant une distinction chère à Rousseau, dont *Les Confessions* et *La Nouvelle Héloïse* ont exercé la plus grande influence sur lui. (À l'éditeur parisien Levavasseur qui avait publié *Le Rouge et le Noir* il confie qu'il est en train d'écrire un livre qui est peut-être une « grande sottise » : « C'est *Mes Confessions*, au style près, comme Jean-Jacques Rousseau, avec plus de franchise[3]. ») Le souvenir des émotions fortes anime les meilleures pages de la *Vie de Henry Brulard* : humiliations, insoumissions, sentiments de haine refoulés, sens aigu d'injustices subies. Stendhal atteint à des sommets d'indignation en dénonçant la tyrannie de sa tante Séraphie qui s'occupa de lui après la mort de sa mère, ou l'hypocrisie de son précepteur jésuite, l'abbé Raillane, qui lui fit prendre en haine la religion à tout jamais.

L'enfant qu'il décrit paraît loin d'être toujours facile ou sympathique. « J'étais sombre, sournois, mécontent... » Stendhal prend plaisir à se rappeler ses mouvements de cruauté. Sa joie est grande à la nouvelle de la décapitation du roi, et plus grande encore lorsqu'il se jette à genoux pour remercier Dieu à la mort de sa tante Séraphie qu'il considérait comme la plus méchante des dévotes. Mais il y a aussi les passages humoristiques et tendres, les tonalités lyriques : sa découverte de *Don Quichotte*, sa décision de devenir un nouveau Molière, son enthousiasme pour les dragons de Bonaparte passant par Grenoble en route pour l'Italie, son amour muet pour l'actrice Virginie Kubly, ses maladresses en débarquant à Paris, et plus tard, sa joie extatique en traversant avec l'armée le col du Saint-Bernard et en arrivant à Milan.

Le problème de la mémoire est au cœur de l'entreprise autobiographique. Chez Stendhal, mémoire et invention demeurent inséparables. Les insuffisances de la mémoire invitent au travail de l'imagination. Nul doute que Stendhal n'ait eu qu'une foi limitée en l'objectivité de ses souvenirs. Il savait parfaitement que la perspective de 1835 différait de celle de 1790 ; mais il savait aussi qu'il n'était pas possible de se limiter à un seul point de vue. Au surplus, les instants les plus submergés, les plus difficiles à faire remonter à la surface, sont souvent ceux qui correspondent aux émotions les plus intenses. Ces « manques », il les compare aux parties disparues d'une fresque. Or c'est bien dans ces inégalités de la souvenance, dans la juxtaposition de secteurs entièrement éclairés et de pans du passé effacés ou submergés que se situe un vide riche de signification. La multiplicité de perspectives est source d'erreurs, mais aussi d'invention. Et la métaphore de la fresque abîmée implique que des parties entières peuvent être restaurées. À plusieurs reprises, Stendhal explique qu'il fait des découvertes en écrivant. Des parties oubliées de la fresque apparaissent soudain. Stendhal en est tout surpris. Se cherchant tel qu'il fut, il se découvre tel qu'il est à présent.

Ces découvertes (ou réinventions) qui restituent des moments forts poussent du coup Stendhal à ironiser, ou même à camoufler ses sentiments les plus passionnés. *Henry Brulard* illustre d'un bout à l'autre ces formes de déguisement qui accompagnent le besoin de se révéler. La volonté de franchise va de pair avec les plaisirs de la dissimulation. L'enfant a vite fait d'apprendre qu'il est dangereux de livrer aux autres sa pensée intime, ses enthousiasmes profonds ; que devant le sourire condescendant ou la réprobation, le silence est la meilleure protection. « Pendant tout le cours de ma vie, je n'ai jamais parlé de la chose pour laquelle j'étais passionné, la moindre objection m'eût percé le cœur. » Révéler ses rêves les plus secrets, parler de ce qu'il adore, reste un projet constant ; mais un pareil discours eût semblé au jeune Henri Beyle un « blasphème ». Après le silence, le meilleur refuge est le mensonge. « Mentir n'est-il pas la seule ressource des esclaves ? »

Attitudes très semblables, bien des années plus tard, devant la page à demi écrite, devant le lecteur inconnu. « On gâte des sentiments si tendres à les raconter en détail. » C'est sur cette note lyrique de refus que Stendhal abandonne le manuscrit de la *Vie de Henry Brulard.* Les moments de bonheur intense, qu'il s'agisse de son arrivée à Milan ou d'excursions aux lieux rendus célèbres par Rousseau, lui paraissent impossibles à cerner. Il préfère les aborder de biais, ou par la négative. « Je ne pourrais, écrit-il au souvenir d'un paysage de Savoie, peindre ce bonheur ravissant, pur, frais, divin que par l'énumération des maux et de l'ennui dont il était l'absence complète. » Mieux encore, il y a la poésie du silence, que Stendhal lui-même appelle « le silence du bonheur » – poésie du non-dit, peut-être même du non-avenu.

L'autobiographie comme fiction

En écrivant la *Vie de Henry Brulard*, Stendhal sentait bien qu'il ne donnait pas simplement le récit d'une enfance (la sienne), mais qu'il inventait un personnage nommé Henry Brulard. La tendance au roman est du reste explicite. Comme si le nom de Brulard n'était pas déjà une fiction, il demande à son lecteur d'imaginer ce qui se passerait si ce nom avait été remplacé par celui de Bernard. Le résultat, explique-t-il, serait « un roman écrit à la première personne ». Le commentaire est sans doute destiné à justifier la nature « égotiste » du livre, tous les *je* et *moi* dont lui-même sourit. Mais le remplacement imaginaire d'un nom fictif par un autre nom fictif dit aussi que les notions de subjectivité et d'objectivité sont plus que jamais sujettes à caution. Les romanciers modernes nous ont appris que la narration à la première personne permet d'atteindre à un semblant d'objectivité que la narration dite « objective », à cause même de la présence manifeste d'un auteur omniscient et omniprésent, a du mal à réaliser. Ce paradoxe apparent explique peut-être pourquoi Stendhal joue à tout moment dans son autobiographie avec l'idée d'une perspective romanesque (une des premières versions contient le lapsus « ce roman »), tout en utilisant le mot « roman » dans un sens péjoratif. « Je ferais du roman », se met-il en garde lorsqu'il se surprend sur le point de broder. Fiction et non-vérité deviennent pour ainsi dire synonymes. On ne peut s'empêcher de penser à la subversion romanesque du roman pratiquée par Diderot dans *Jacques le fataliste*, livre que Stendhal admirait beaucoup. Pareille démystification permet d'affirmer à la fois l'indépendance du personnage et celle du narrateur. Jeu intellectuel qui se complique dans le cas de la *Vie de Henry Brulard*, l'antiroman n'étant ici de toute évidence pas un roman du tout.

« Je suis un autre homme », écrit Stendhal, comparant le Henri Beyle de 1835 à celui de 1800. Mais cette altérité n'est pas exclusivement temporelle. « Il me semble que je fais des découvertes sur quelqu'un d'autre[4]. » Dans une note marginale, il constate sa propre surprise. De nombreuses expressions telles que « un autre » ou « ce caractère » témoignent d'une constante distance par rapport à lui-même. Il se voit non seulement comme *ayant*, mais comme *étant* un caractère, dans le sens de personne, et même dans le sens anglo-saxon de personnage. Ce dédoublement rend compte dans une large mesure de son habitude de *se voir*. « Henri B. âgé de moins de 6 ans », inscrit-il sous l'un des nombreux dessins qui lui servent d'aide-mémoire[5]. Ailleurs il s'étonne de ce « caractère de Henri, si difficile à connaître pour moi ». Il s'objective afin de s'évaluer et de se juger ; mais l'inverse est vrai aussi : ses commentaires, au même titre que les intrusions de l'auteur dans *Le Rouge et le Noir* et *La Chartreuse de Parme*, protègent l'autonomie de son « héros ».

Se traiter en protagoniste entraîne l'attente d'un lecteur. Aspirant à être sincère, Stendhal prétend qu'il écrit sans mensonges et sans se faire illusion, comme s'il adressait une lettre à un ami. Mais en réalité, il ne cesse de penser à cet être hypothétique, distant et inconnu qu'il appelle « mon lecteur », et dont les réactions imaginées nécessitent toute une stratégie littéraire. Dans ses notes marginales, il se montre soucieux de soigner la structure et les développements de son récit. « Style. Ordre des idées. Préparer l'attention. » La rapidité de l'écriture ne l'empêche pas de songer à mieux susciter et soutenir l'intérêt de son lecteur. La présentation et l'organisation des épisodes le préoccupent. Il se demande si la fin du chapitre 24 conclut de façon satisfaisante l'histoire de son engouement enfantin pour l'actrice Mme Kubly[6]. Ailleurs il se montre mécontent de la « queue » trop savante d'un paragraphe. Doutes et hésitations parsèment le corps du récit. Il se promet de corriger, de transposer, d'éliminer certains passages. Il appelle l'histoire de sa vie un « conte ». Il est parfaitement conscient de faire de la littérature. À telle page, entre parenthèses, il se donne même le conseil en anglais d'élaguer : « *cut there* ». Il a recours à des images d'élaboration artistique (« ... il faudra que je travaille et transcrive ces morceaux »), et même à des allusions aux œuvres littéraires connues, comme le rappel humoristique de *Tristram Shandy* à la fin du chapitre 2 (et repris au chapitre 39) : « Après tant de considérations générales je vais naître. »

L'image projetée d'un lecteur à la fois craint et souhaité affecte le rapport entre l'auteur et son protagoniste. Le moi du passé est livré à un constant processus de transformation et d'« héroïsation ». Gilbert Durand a très justement parlé de la dimension mythique de la *Vie de Henry Brulard*. Le détail en apparence trivial ne l'est jamais ; il apparaît chaussant le cothurne et signale les forces du destin[7]. Les archétypes de l'autobiographie stendhalienne méritent d'être signalés : ils éclairent du coup certains thèmes sous-jacents de ses romans.

La structure la plus significative relève sans nul doute du mythe familial. La haine que le jeune Henri ressent pour son père n'est pas simplement une antipathie regrettable et l'origine, ou la cause principale, de son esprit de révolte. Sa signification profonde est qu'elle justifie la notion de double ou même de multiple paternité[8]. Stendhal répète avec insistance que son « vrai père », c'est son grand-père, le docteur Gagnon. C'est lui, de même que le vieux chirurgien-major dans *Le Rouge et le Noir* et l'abbé Blanès dans *La Chartreuse de Parme*, qui initie le jeune garçon à la vie des idées. Les leçons d'astronomie du docteur Gagnon durant les soirées d'été passées sur la terrasse de sa maison créent une ambiance mystérieuse et magique qui préfigure l'apprentissage astrologique de Fabrice del Dongo au haut de la tour de l'abbé. Ce prestige initiateur du grand-père maternel fait que cette ascendance lui est « chère et sacrée ». Par un lapsus (mais en est-ce un ?), il se déclare « fils de M. Gagnon », substituant ainsi à la paternité du père la fiction d'un engendrement maternel.

Le mythe familial, qui se profile également dans les romans, est alimenté par de fréquentes suggestions d'une origine « exceptionnelle ». Les rêves d'émancipation du jeune Henri s'accompagnent de rêves d'ancêtres prestigieux. « Ne serais-je point le fils d'un grand prince... ? » se demande-t-il à moitié sérieusement en construisant ce qu'il appelle la « fable » de ses années de formation. Ascendance fabuleuse qui semble confirmée à ses yeux par la légende de l'évasion à Avignon d'un ancêtre de sa mère, du nom de Guadagni, obligé de fuir l'Italie pour avoir commis quelque assassinat. Le mythe de l'Italie, si important dans l'œuvre de Stendhal, se trouve ainsi lié au thème de l'énergie virile et de la beauté de la mère qu'il a perdue.

Une constante dramatisation de son enfance, mais de nature le plus souvent ironique, souligne ces éléments de légende. Stendhal insiste sur sa différence, son éloignement par rapport aux autres enfants, la ségrégation qui lui fut imposée (sa famille ne lui permettait pas de jouer dans la rue avec des « enfants du commun »), son goût de la solitude afin de pouvoir mieux rêver. À l'instar de Rousseau, dont *Les Confessions* – nous l'avons vu – lui étaient très familières, il nous fait voir l'enfant découvrant l'injustice du monde et sa vocation d'opposant. Les souffrances du jeune Henri font partie d'un vrai développement dramatique. Stendhal évoque le « triste drame » de sa jeunesse ; il énumère les « personnages » de ce drame. Sa souffrance n'est au demeurant pas une souffrance inutile ; elle s'avère indispensable à l'apprentissage du « héros ». De même que le « malheur » de sa vie à Grenoble a rendu possible le « bonheur » de vivre à Milan, la « tyrannie » exercée par sa famille lui a enseigné le sens du mot « liberté ». C'est ainsi que Stendhal parle d'« heureux malheur ». Même l'angoissante première expérience amoureuse lui apporte une illumination poétique. Il découvre que l'amour est une « chose sérieuse et terrible ».

Les formules de nostalgie vont également dans le sens du mythe. L'enfance d'Henri, époque de souffrances, est parfois envisagée comme un âge d'or lié au prestige d'une époque révolue (le bon ton de l'Ancien Régime) ou bien aux vertus dynamiques de la Révolution et de l'époque de Bonaparte. Stendhal aime à établir des parallèles entre le destin de l'enfant et le drame de l'histoire. Cette insertion du moi dans le devenir historique s'applique également à l'histoire littéraire. La satisfaction qu'il éprouve à avoir entrevu dans son enfance le monde de Mme de Merteuil (dont il prétend avoir connu le modèle) n'est pas simplement une référence passagère aux *Liaisons dangereuses* de Laclos, mais confère un charme rétrospectif au quotidien si terne de ses années à Grenoble. Ce type de rapprochement à la fois ironique et amplificateur trouve une expression symbolique dans la métamorphose du paysage près de la propriété de son oncle, aux Échelles, qui devient pour lui la scène d'un épisode enchanteur de la *Jérusalem délivrée* du Tasse.

Vision métaphorique du paysage qui accompagne les nombreuses images métaphoriques du moi. Stendhal se voit à l'âge de 16 ans en jeune Tasse : « un centième du Tasse », ajoute-t-il modestement. Il s'approprie bien d'autres rôles, et non seulement ceux d'écrivains célèbres (Rousseau, bien sûr, en arrivant en Italie, « le pays de la *Zulietta* »), mais plus souvent encore celui de rôles existants dans des œuvres célèbres : celui d'un personnage de Voltaire dans *Zadig* ; celui de Tristram Shandy de Laurence Sterne ; celui de Chérubin, le jeune page amoureux de l'amour dans la pièce de Beaumarchais ; celui d'un mélange hybride de Saint-Preux et Valmont. Et au centre de cette scène imaginaire, il se voit entouré de « personnages » provenant directement des comédies de Molière. Ces transfigurations du moi aboutissent à des incarnations humoristiques qui transforment le jeune Henri en diverses figures individuelles ou collectives tirées du domaine de l'art ou de l'histoire : saint Jean spectateur apitoyé de la crucifixion, un stoïcien romain, tout un peuple en révolte tyrannisé par des papes, des potentats du Moyen Âge, des despotes contemporains. « Toutes les tyrannies se ressemblent. » Cette remarque nous rappelle aussi que dans l'esprit de Stendhal tout drame personnel est inextricablement lié au drame de l'histoire.

Les pulsions romanesques de la *Vie de Henry Brulard* sont renforcées par des procédés littéraires, par la double perspective et la constante rumination du passé. Les développements en apparence capricieux et digressifs obéissent à des lois plus fortes que celles de la chronologie. Stendhal exploite les délais, les accélérations, les raccourcis. Ses ellipses et ses prolepses, ses approximations et ses amplifications, ont pour effet de provoquer et de guider les réactions du lecteur. Le moindre détail de parcours acquiert de la sorte valeur de signe. Imaginer des situations hypothétiques à la place de ce qui a eu lieu, envisager ensuite avec ironie d'autres possibilités encore, équivaut à multiplier des scènes et des actes fictifs. Dans ses romans, Stendhal pratique aussi ces voies d'approche conditionnelles et hypothétiques qui introduisent à tout moment de nouveaux éléments de fiction. Dans son autobiographie, Henry Brulard est à un moment donné conçu comme un fameux « coquin » qui aurait pu acquérir de façon véreuse une vaste fortune, ou un laquais au service d'un compositeur napolitain. Stendhal n'hésite pas à inventer de supposés dialogues. Même l'ironie avec laquelle il traite sa propre personne prend une forme hypothétique. C'est ainsi qu'il imagine, et en style indirect libre, les paroles du comte Daru lorsque celui-ci découvre que son jeune protégé, « ce brillant *humaniste* » qui lui a été si chaudement recommandé, ne sait même pas copier correctement le mot « cela ».

Stendhal se plaît à déformer, à corriger, à compenser ce qui a été en imaginant ce qui aurait pu être. Deux voix distinctes entrent en jeu à tout moment – deux voix qui correspondent à deux ordres temporels : le temps vécu par l'enfant dans son immédiateté fragmentaire, et le temps de la continuité conçue à partir du moment de l'écriture. Stendhal se rend parfaitement compte de l'enchevêtrement de ces deux points de vue. Ayant attribué un projet plein de ruse à l'enfant qu'il fut, il ajoute : « Mais je trouve ce raisonnement bien avancé pour mon âge. » Ce qui ne l'empêche pas de prendre plaisir à juxtaposer, combiner et confondre les deux perspectives. Parfois c'est la même phrase qui offre sans transition ce double point de vue. « Pendant plus d'un mois je fus fier de cette vengeance, j'aime cela dans un enfant. » Ailleurs, ce n'est pas le mélange mais le contraste des voix qui est effectué. L'Arioste admiré par le jeune lecteur naïf et l'Arioste jugé par l'homme de lettres averti ne se ressemblent guère. Stendhal éprouve une sorte de satisfaction maligne à noter les anachronismes de son texte. « Mais, grand Dieu ! qui est-ce qui lira ceci ? Quel galimatias !... Le lecteur sait-il maintenant s'il en est à 1800, au premier début d'un fou dans le monde, ou aux réflexions sages d'un homme de cinquante-trois ans ! »

Le contrepoint des deux voix remplit une fonction thématique. Le sens de nécessité qu'impose toute vision rétrospective d'événements joue sans arrêt contre les motifs de spontanéité et de liberté. Car l'orientation rétrospective, ainsi que Gilbert Durand l'a fort bien noté, est souvent de nature « oraculaire [9] ». Il serait aisé de montrer que Stendhal suggère de façon répétée que tout ce qui s'est passé est une projection vers l'avenir, et fait partie d'un apprentissage. Qu'il s'agisse de sa vocation de soupirant malheureux ou de ses rêves de gloire littéraire, son passé est un parcours rempli de seuils et de présages. La mort de sa mère n'est pas une fin, mais un début. « Là véritablement a commencé ma vie morale. »

Plus évidents encore sont les procédés grâce auxquels l'auteur prépare ses effets, rappelant au lecteur que ce qu'il lui offre n'est pas un simple enchaînement d'anecdotes et de réminiscences, mais qu'il a une « histoire » à narrer. « Bientôt arriva la fameuse lettre... » De même, Stendhal annonce qu'il va bientôt parler des campagnes militaires de 1800, de 1809, de la retraite de Moscou, de la campagne de 1813. Peu importe qu'il tienne ses promesses. Ce qui compte, c'est l'attente d'événements proches et même imminents. Technique de suspense qui est résumée humoristiquement au chapitre 33 où Henry Brulard est comparé à un grand fleuve au cours tranquille, « mais qui va se précipiter dans une immense cascade ».

Ce qui ressort, malgré le goût du masque et des déguisements libérateurs, c'est une indéniable solidarité avec ce que Stendhal prend pour sa destinée. Il peut ne pas savoir qui il est, mais il sait fort bien qui il n'aurait pas voulu être. Et sûrement il n'aurait voulu être ni Félix Faure ni Édouard Mounier, ses ex-amis, à présent tous les deux pairs de France. Quelle que soit la difficulté de se connaître (« l'œil ne se voit pas... »), Stendhal se préfère à d'autres. Rien, en définitive, ne lui paraît vraiment déterminé par le hasard, même si la chance, selon lui, semble l'avoir guidé dans cinq ou six circonstances importantes, et qu'il croit devoir une statue à la Fortune. On retrouve cette notion de destinée jusque dans sa façon de parler sur un ton de moquerie de ses aversions et préférences. Expliquant pourquoi, « par la grâce de Dieu », il trouvait dès son enfance parfaitement ridicules les vulgaires gravures érotiques accompagnant *La Pucelle* de Voltaire : « Ce miracle me ferait presque croire que Dieu m'avait destiné à avoir bon goût et à écrire un jour l'*Histoire de la peinture en Italie.* »

Comment concilier cette prétendue soumission au « destin » avec l'affirmation d'une volonté autonome ? Car Stendhal insiste sur l'indépendante résolution du jeune Henri. « Je trouve comme un fait établi dans ma tête que dès l'âge de sept ans j'avais résolu de faire des comédies comme Molière. » Et encore : « Dès ce moment ma vocation fut décidée : vivre à Paris en faisant des comédies comme Molière. » De telles déclarations n'écartent pourtant pas le paradoxe qui oppose la notion de destin à la quête de la liberté. Paradoxe renforcé par le culte stendhalien de l'« imprévu » et de l'énergie. Seule une vision binoculaire, entraînant une perspective strictement opposée à tout mode prophétique, permet de protéger la spontanéité et la liberté. C'est ainsi que Stendhal exploite les ressources libératrices d'un horizon limité.

Georges Blin a admirablement démontré comment fonctionnent ces techniques de « restrictions de champ » dans les romans de Stendhal[10]. Cette limitation subjective du champ de la vision se manifeste également d'un bout à l'autre de la *Vie de Henry Brulard* par des tournures qui nous plongent directement au cœur d'une nouvelle situation. « Sans savoir comment j'y suis arrivé, je me vois dans la petite chambre que Gros occupait... » Cette façon de jeter le lecteur *in medias res*

(« je me vois marchant... » ; « je me vois logé... » ; « tout à coup je me vois... ») suggère que les actions et les événements sont contingents et imprévisibles.

Tout développement narratif joue sur les pulsions conflictuelles de la nécessité et de la liberté. L'équilibre et la complexité peuvent varier. Cette tension fondamentale fait que la *Vie de Henry Brulard* est une œuvre d'imagination autant que de mémoire. Rien n'est plus révélateur à cet égard que l'habitude stendhalienne d'envisager d'*autres possibilités* à la place de l'événement irréversible qui a eu lieu. Cette démarche conditionnelle, voire spéculative, lui fait souvent mettre en doute si telle ou telle interprétation de son comportement est recevable, et tend du coup à transmuer les réminiscences. « Je rumine sans cesse sur ce qui m'intéresse, à force de le regarder dans des *positions d'âme* différentes je finis par y voir du nouveau, et je le fais *changer d'aspect.* » Cette observation au chapitre 30 indique de façon on ne saurait plus claire à quel point l'intensité du souvenir augmente l'incertitude, mais aussi, inversement, comment le besoin de conjecturer, qui caractérise chez Stendhal la force du souvenir, accroît les forces de l'imagination.

L'énigme que représente pour lui le personnage de Henry Brulard anime l'autobiographie de Stendhal. Il insiste en parlant de son enfance sur le côté mobile et fuyant de son caractère. « Je vais avoir cinquante ans, il serait bien temps de me connaître. Qu'ai-je été ? que suis-je ? En vérité, je serais bien embarrassé de le dire. » Ce qu'il tient pour sûr, c'est qu'il ne cesse d'échapper à lui-même. La mobilité du regard augmente encore la difficulté de fixer la mobilité du sujet. La perception de son moi le mène à insister sur les thèmes de mouvement et de mutabilité. Ces thèmes, ainsi que l'habitude de remettre en question toutes les certitudes, sont aussi les grands ressorts de ses romans. Car l'impossibilité de confiner et de limiter l'individualité est au cœur de l'œuvre de Stendhal.

CHAPITRE 2

L'APPRENTISSAGE DU ROMAN

Stendhal publia son premier roman, *Armance*, en 1827, à l'âge de 44 ans. Il avait déjà livré au public une demi-douzaine d'ouvrages, mais rien ne laissait prévoir – du moins à première vue – que ce dilettante passionné d'art et de musique d'opéra, ce polémiste caustique, se mettrait à écrire des romans. Rien en fait n'aurait surpris davantage l'auteur de l'*Histoire de la peinture en Italie* et de *Rome, Naples et Florence* que la prédiction qu'il était destiné à devenir l'un des romanciers les plus originaux. Ce début un peu lent mérite quelques remarques.

Dans les années qui suivirent son retour d'Italie en 1821 – il avait alors presque atteint la quarantaine – Stendhal était connu dans certains salons parisiens comme un homme d'esprit, un causeur sarcastique. Ceux qui l'avaient lu pouvaient apprécier ses sorties contre la notion de « beau idéal » à la Winckelmann, ses vues très personnelles sur l'*opera buffa*, son libéralisme teint d'ironie, ses épigrammes. Quand parut *Racine et Shakespeare* en 1823, puis dans une deuxième édition en 1825, il s'imposa comme une des voix militantes du mouvement romantique, bien que sa façon d'envisager le grand débat littéraire de l'époque fût plutôt marquée par l'orientation libérale du *romanticismo* auquel adhéraient ses amis milanais. Ses alliés à Paris admiraient le mordant de sa parole et de sa plume. Ceux qu'il indisposait le considéraient comme un jacobin ou un cynique quelque peu bouffon. Mais ni ses amis ni ses détracteurs ne pouvaient deviner que l'incorrigible Monsieur Beyle possédait les dons et la vision d'un grand écrivain.

Il est vrai que depuis ses jeunes années à Grenoble, Henri Beyle rêvait de gloire littéraire ; mais c'est au théâtre qu'il songeait. Écrire des comédies comme Molière, nous l'avons vu, était son ambition. Une fois arrivé à Paris, l'adolescent oublia vite l'intention déclarée à son père d'étudier les mathématiques et de se préparer pour l'École polytechnique. Il préféra fréquenter les salles de théâtre. Il y fut assidu, notant avec une égale concentration le déroulement de la pièce, le jeu des acteurs, les réactions du public, dans l'espoir que ses observations lui livreraient le secret du succès. Il se mit même à suivre les cours de déclamation et d'art dramatique du célèbre acteur Dugazon, en partie pour se débarrasser de son accent dauphinois, sans doute comptant aussi y rencontrer quelque jeune actrice pas trop farouche, mais surtout pour étudier de près la pratique et les effets de dramaturgie.

Bien que Molière, Shakespeare et Alfieri fussent ses idoles et modèles, ses propres efforts de dramaturge n'aboutirent au total qu'à des ébauches, des fragments et des projets. Bientôt les fonctions administratives, la guerre, la vie d'exilé volontaire en Italie et les difficultés financières allaient éteindre son ardeur. Mais les rêves de gloire théâtrale ne s'évanouirent pas de sitôt. Stendhal mit du temps à se rendre compte qu'il faisait fausse route.

Cet insuccès soulève une série de questions. Pourquoi Stendhal n'eut-il pas au départ l'intention de se faire un nom en écrivant des romans ? Il admirait *La Nouvelle Héloïse* et *Les Liaisons dangereuses*. Dans son esprit, Saint-Preux et Valmont se complétaient par un effet de contraste qui ne cessait de le troubler. Il appréciait les fines analyses dans *La Princesse de Clèves*, le brio dialectique de *Jacques le fataliste*, la verve de l'« immortel » *Tom Jones* de Fielding. Pourquoi alors n'avoir pas tenté de suivre le même chemin ? La réponse à la question est sans doute valable pour d'autres jeunes littérateurs à l'époque : le roman ne paraissait tout simplement pas la voie du grand succès. Le théâtre semblait plus prometteur de célébrité immédiate, d'applaudissements flatteurs, de bénéfices concrets, voire de femmes admiratives et passionnées.

Il faut ajouter qu'au début du XIXe siècle, malgré l'exemple des grands romanciers français et anglais du siècle précédent, le roman en tant que genre était loin de jouir du prestige qu'il allait acquérir un demi-siècle plus tard, qu'il était dans l'ensemble considéré comme un genre léger, une forme de divertissement. Personne ne pouvait prévoir que ce genre allait bientôt usurper la place prééminente qu'occupait traditionnellement la poésie dramatique et épique. Stendhal lui-même n'éprouvait pour le roman qu'une estime limitée. Dans un projet d'article sur *Le Rouge et le Noir* qu'il envoya dans un but publicitaire à son ami florentin, le comte Salvagnoli, il constate que l'immense consommation d'œuvres romanesques est surtout un phénomène féminin, que dévorer des romans est « la grande occupation des femmes de province », et que le niveau intellectuel de ce public n'est souvent pas très élevé. Il se félicitait, il est vrai, d'avoir créé un héros qui n'est pas toujours « parfait » comme dans les romans « *pour les femmes de chambre* », et d'avoir donné une remarquable peinture de mœurs. Mais le fait d'insister sur les aspects exceptionnels et audacieux de son livre indique son peu d'estime pour la production d'œuvres romanesques en général[1].

Étant donné sa détermination de réussir au théâtre, pourquoi Stendhal échoue-t-il dans ses efforts de dramaturge et abandonne-t-il bientôt cette voie ? Balzac, et plus tard Flaubert, Baudelaire et Zola connurent également de cuisants insuccès. Se peut-il que dans tous ces cas la cause ne soit rien d'autre qu'un manque de talent ? Il est vrai que Stendhal n'était que médiocrement doué pour la versification (il considérait d'ailleurs l'alexandrin comme un « cache-sottises »), et sa « méthode » pour construire des pièces était excessivement schématique. Mais pour être juste, il faudrait invoquer d'autres raisons : les nouvelles conditions sociales à la suite de la Révolution, une commercialisation de plus en plus marquée des spectacles, l'élargissement du public de plus en plus hétérogène et de moins en moins susceptible d'apprécier les nuances. D'autre part, la censure, toujours plus vigilante au théâtre, avait été cause d'un net appauvrissement sous le régime de Napoléon. Le niveau de la production théâtrale n'allait guère s'améliorer sous la Restauration. L'observation de Figaro que tous les sujets intéressants étaient interdits pouvait sembler plus juste en 1810 ou 1815 que du temps de Beaumarchais.

Stendhal allait mieux que tout autre comprendre ces difficultés. Dans un texte pénétrant, « La Comédie est impossible en 1836 », il imagine un jeune auteur de pièces de théâtre, désespérant d'un public de « gens grossiers », forcé de se rabattre sur la « *comédie-roman* » (ou le roman tout court) qui du moins présente l'avantage de ne communiquer qu'avec un seul lecteur à la fois. Une note sur un exemplaire du *Rouge et le Noir* est plus explicite encore : « Impossibilité de la Comédie depuis la Révolution, deux publics, le grossier et le fin »... De façon significative, l'« impossibilité » de la Comédie est liée dans l'esprit de Stendhal à l'émergence du roman comme la seule forme littéraire susceptible d'être véridique. « M. de Tracy me disait : on ne peut plus atteindre au vrai que dans le Roman. » Et dans une lettre du 2 novembre 1832 au comte Salvagnoli il maintient que « le goût de la lecture des romans » – en France aussi bien qu'en Angleterre – a remplacé le goût du spectacle. La raison, selon lui, c'est que l'auteur de pièces se voit obligé de ressasser les mêmes sujets, alors que le roman offre de nouvelles possibilités. Au surplus, le roman permet de dire des choses qu'il serait difficile de dire ou de représenter sur scène. Au théâtre il faut respecter certaines formes et convenances. « Tout peut se dire au contraire dans un roman. » Stendhal annonce même l'arrivée d'un « *roman nouveau* »[2].

Un apprentissage

Ce ne fut toutefois pas en pure perte que le jeune Henri Beyle s'acharna à vouloir composer des pièces de théâtre. Il y apprit l'art des expositions, des préparations de scènes, des contrastes dramatiques. Il développa son invention comique. Quelques-unes des « scènes » les plus réussies de ses romans – les manœuvres de Mme de Rênal pour déjouer les soupçons de son mari ; le trio du Prince, de la Sanseverina et de Mosca dans *La Chartreuse de Parme* – présentent un aspect nettement théâtral. Il prit surtout l'habitude de méditer sur les rapports entre l'auteur et son public, de songer à la stratégie du langage littéraire. Ce n'est pas une pure coïncidence si à la même époque il s'adonne à une véritable éducation « idéologique ». Car l'Idéologie – le système antimétaphysique, sensualiste et utilitaire issu de l'école de Condillac, et dont Destutt de Tracy devint le grand héritier – avait non seulement nourri le rationalisme et l'anticléricalisme de Stendhal, mais l'avait confirmé dans l'habitude prise de classifier et d'analyser pour mieux comprendre les ressorts psychologiques. Se connaître, c'était aussi savoir se gouverner ; tout comme la connaissance des autres était la condition indispensable pour manipuler leurs opinions et leurs émotions.

Féru d'Idéologie, Stendhal absorba durant ses premières années parisiennes des doses impressionnantes d'Helvétius, de Lancelin et Destutt de Tracy. S'il ne faut pas exagérer la portée de cette ferveur d'adolescent, il est toutefois certain que l'apprentissage « idéologique » fit son effet. D'une part, la leçon de ces maîtres calma son enthousiasme rousseauiste. Mais elle fut aussi transformée en substance, et incorporée au beylisme d'une manière assez imprévue. Les idéologues enseignèrent à Stendhal que l'analyse pouvait devenir un instrument de la volonté, que *faire vouloir* les autres était une forme intellectuelle de pouvoir. L'enseignement de Lancelin s'amalgamait à la leçon de Valmont et de la marquise de Merteuil. Mais Stendhal apprit aussi que le caractère d'une personne se manifeste à travers sa façon d'aller à ce qu'il appelle la « chasse du bonheur », et que la *passion*, loin d'être destructrice, est à la source de l'énergie. Il tira surtout de ses lectures « idéologiques » une leçon magistrale d'émancipation et de liberté – leçon qu'il chercha à inculquer à sa sœur. Les lettres à Pauline écrites à cette époque se lisent en effet comme un cours élémentaire d'Idéologie. Deux thèmes qui allaient constituer le fond de sa pensée ressortent de ces leçons parfois un peu simplistes : la foi en la vertu libératrice de l'intelligence et du savoir (l'émancipation de la femme apparaît principalement comme une question d'éducation), et le besoin de résister à la tyrannie de la société en évitant tout affrontement direct, et en adoptant au besoin les armes mêmes de l'hypocrisie tant décriée. L'Idéologie devient dans cette optique un double moyen d'affirmation et de protection du moi, lié en profondeur aux thèmes stendhaliens de la liberté.

Dans ses notes juvéniles provisoirement intitulées *Pensées, Filosofia nova*, le disciple des idéologues s'évertue à mettre en pratique leur méthode. Entre 1802 et 1805, l'apprenti auteur de comédies scrute et analyse les secrets de la dramaturgie, et s'interroge sur ce qui convient à l'hygiène intellectuelle d'un écrivain. L'excès de définitions et de classifications entre pour une grande part sans doute dans son peu de progrès. Exemple de méthode :

> Il s'agit de faire rire un nombre M de personnes. Soit A + B + C = M. Il se peut qu'une certaine passion P fasse rire A de ces personnes, une deuxième P' B, une troisième P'' le reste C.

On ne va évidemment pas très loin avec ce genre de formule. Mais la discipline de l'analyse des textes et de l'examen de soi-même, bien qu'incompatible avec le mythe d'un Stendhal improvisateur, eut un effet durable. L'art de Stendhal repose en effet sur des « répétitions » réitérées, ainsi que sur une vive sensibilité aux réactions d'un lecteur imaginaire. Le jeune Henri Beyle est convaincu que pour réussir il faut d'abord connaître, puis « flatter » son public. « Avant de faire des comédies et des tragédies il faut déterminer à quels spectateurs je veux plaire. » Et encore : « Pour réussir, flatter mes contemporains... » On est à une belle distance de l'image de Stendhal, l'ironique anticonformiste, bravant les idées reçues et les valeurs établies. La distance diminue, cependant, si l'on considère que sa chère Idéologie lui avait également enseigné qu'analyser les caractères et comprendre les autres était le moyen de dominer leurs désirs et de diriger leurs émotions.

Les questions de style et de technique théâtrale le préoccupent aussi. Sous l'influence d'Alfieri, Stendhal songe à l'idée de composer une pièce avec un seul protagoniste, les autres personnages servant uniquement à le développer. Cette limitation théâtrale l'inquiète tout de même, mais elle préfigure la technique du futur romancier consistant à restreindre sa vision autant que possible à la subjectivité d'un personnage principal. Dans ces notes de *Pensées, Filosofia nova*, Stendhal conçoit un « héros » qui serait héroïque dans la mesure même où il n'est pas conscient de l'être. « Le vrai héros fait sa belle action sans se douter qu'elle est belle. » Mais pareille innocence implique un télescopage de perspectives – celle de l'auteur et celle de son personnage – réalisable dans le roman plutôt qu'au théâtre. De même, ses remarques sur le « *vibrato* » du style, sur le rapport entre le « rythme » et la « liaison des idées », sur le « ton de familiarité » de Montaigne, sur l'extrême importance du « *soudain* » relèvent bien plus d'un processus narratif que d'un contexte scénique. Indice révélateur : une page entière de ses notes est consacrée au *Tom Jones* de Fielding, alors que la réussite théâtrale est en principe au premier plan de ses préoccupations. À plusieurs reprises, il paraît même chercher à définir des sujets tragiques et comiques qui l'éloignent du théâtre : « Il semble que la tragédie bourgeoise est très propre au roman, et que c'est vraiment son genre. » Il note ailleurs que les passions dissimulées, notamment celles que les personnages se cachent à eux-mêmes, ne sont guère susceptibles d'être représentées sur scène. Il en arrive à imaginer un « procès-verbal » sténographique, non des actions d'un personnage donné, mais des « opérations de sa *tête* et de son *âme* »[3]. Cette idée d'une sténographie des mouvements de l'esprit semble fasciner le jeune Stendhal, comme elle allait plus tard fasciner Dostoïevski.

Tout en jouant avec des théories et des systèmes inspirés par l'Idéologie, Stendhal s'exerce à la pratique littéraire dans son *Journal*. Les années 1804-1805, période d'insécurité et d'essais divers, sont particulièrement importantes pour son développement. Jean Prévost attribue à cette période « l'apprentissage du discours intérieur »[4]. Rêvant de gloire littéraire et de succès amoureux, toujours prêt à s'ausculter et à relever ses défauts, le jeune Stendhal s'adonne à d'interminables auto-consultations, se juge, se blâme, se félicite, soulève des questions, fournit des réponses, s'offre des conseils et engage un dialogue avec lui-même qui illustre une règle de conduite fondamentale du beylisme : ne pas baisser dans sa propre estime.

Ses stratagèmes pour séduire la jeune actrice Mélanie Guilbert sont le sujet de pages quasi romanesques dans son *Journal*. Stendhal rencontra Mélanie dans les classes de l'acteur Dugazon où ils s'exerçaient à déclamer et à jouer. Tout en répétant des scènes de pièces classiques, Stendhal conduisait sa propre intrigue de séduction, évaluant à tout moment son jeu d'acteur et ses progrès comme soupirant. Le *Journal* détaille ces manœuvres amoureuses, tout en s'y référant comme à une entreprise presque militaire. Stendhal continuera à envisager l'amour comme une bataille. « Histoire de la bataille du 31 mai 1811 », écrira-t-il dans une section ultérieure de son *Journal*. Mais le plus souvent il s'agit d'une bataille où le héros-stratège n'obtiendra le succès que dans la mesure où il reste froid. D'où une certaine poésie de l'échec. Le *Journal* représente un stade essentiel dans l'apprentissage stendhalien de l'inversion des valeurs. Il marque aussi une disposition croissante à se traiter comme « personnage ». Se relisant en 1819 : « Cet homme est à jeter par les fenêtres »[5].

Tenir un journal, malgré sa nature nécessairement fragmentaire, apprend au futur romancier à voir sa personne dans une continuité pour ainsi dire narrative. Diverses entreprises littéraires entre les années 1814 et 1826, bien qu'éloignées encore du genre romanesque, peuvent elles aussi être considérées rétrospectivement comme une lente préparation au roman. *Rome, Naples et Florence en 1817*, son premier succès littéraire, est un curieux mélange de livre de voyage, de journal fictif, de panorama de la vie musicale en Italie – livre rempli d'aperçus politiques et sociologiques, d'anecdotes sur les mœurs contemporaines, de détails sur la recherche du plaisir dans la péninsule. Derrière le masque de l'« officier de cavalerie » mélomane et le pseudonyme germanique de Stendhal, le livre est en fait un pamphlet politique. Les désolidarisations et les paradoxes agressifs de « M. de Stendhal » ne font que renforcer la critique transparente de l'ordre réactionnaire qui règne en Italie – et en Europe en général – depuis la chute de Napoléon. Telle était de toute évidence l'intention de l'auteur en écrivant ce livre incisif. Mais ces mêmes paradoxes et ambiguïtés annoncent déjà le surprenant alliage de satire et de tendresse, de lyrisme et d'ironie lucide, qui constitue le fond même de ses romans. Car *Rome, Naples et Florence* mêle l'art et la politique, le culte des sensations et le besoin de démystifier, l'indignation et l'aptitude à l'enthousiasme. De même que dans l'*opera buffa* qu'il aimait tant, le *recitativo secco* y alterne avec l'aria tendre, la satire côtoie le thème du bonheur, tandis que le jugement moral s'harmonise avec les préférences esthétiques.

Quant à la digressive *Histoire de la peinture en Italie*, bien que n'offrant pas une véritable histoire, ni même un travail entièrement original, ce livre est une mine d'idées piquantes sur la modernité, sur l'importance du tempérament et du climat dans le domaine de l'art, sur la relativité du beau. Baudelaire admirait les saillies et les aperçus brillants de ce livre qui prend parfois l'allure d'un pamphlet : les descriptions de tableaux ne servent souvent que de prétextes aux observations (et provocations) d'ordre social et politique. Tous les premiers ouvrages de Stendhal trahissent en fait une vraie passion pour la politique et la polémique. Même *Racine et Shakespeare*, un écrit en faveur du romantisme et contre l'assujettissement aux règles classiques, est riche en dénotations politiques. Cette même passion pour la politique animera ses romans. Sa boutade est connue : la politique dans un roman est comme un coup de pistolet au milieu d'un concert. Pourtant cette irruption avait pour lui un sens profond : « On ne peut plus, au milieu de la grande révolution qui nous travaille, étudier les mœurs d'un peuple sans tomber dans la politique », écrit-il dans *Rome, Naples et Florence*[6]. La Révolution avait commencé en 1789 : mais Stendhal savait qu'elle était loin d'être achevée. Le réalisme stendhalien, si ce mot convient, réside par-dessus tout dans la conviction que la destinée d'un individu, notamment à une époque tourmentée, ne saurait être séparée des événements qui l'entourent et la menacent. Le coup de pistolet de la politique, Stendhal le fera partir d'un bout à l'autre de son œuvre romanesque.

La sensibilité de Stendhal à tous les courants et contre-courants de l'histoire contemporaine avait été aiguisée par ses rencontres avec les groupes de libéraux et de *carbonari* durant son long séjour à Milan (1814-1821). Ses rapports avec des hommes tels que Ludovico di Breme et Silvio Pellico, qui allait bientôt languir dans la prison du Spielberg, l'avaient à tout jamais compromis aux yeux des autorités autrichiennes. Ses propres activités journalistiques après son retour à Paris ne firent qu'aviver son intérêt pour la politique. Entre 1822 et 1827, il s'assurait à peu près deux cents livres sterling par an – peut-être deux tiers de ses revenus – en donnant des articles anonymes à des périodiques anglais tels que *The Paris Monthy Review*, *The Athenaeum*, *The New Monthly Magazine*, *The London Magazine*[7]. On aurait tort cependant de considérer ces travaux journalistiques comme une simple besogne alimentaire. Depuis que ses amis milanais lui avaient fait connaître l'*Edinburgh Review* (ce fut un grand événement pour lui), il souhaitait collaborer à cette revue, ou à d'autres revues anglaises. Et bien qu'il flattât à l'occasion les préjugés anglais (à propos de Napoléon, par exemple), l'anonymat et le fait de publier à l'étranger l'encourageaient à s'exprimer avec liberté sur une grande variété de sujets culturels et politiques.

Stendhal était exceptionnellement bien informé. Un de ses amis intimes, le baron de Mareste, était chef de bureau à la préfecture de police. Un autre ami, Joseph Lingay, était le secrétaire et le collaborateur du ministre de l'Intérieur, le duc Decazes. Les réunions du dimanche, rue Chabanais, dans le « grenier » libéral de Delécluze furent pour lui une mine de renseignements. Lecteur attentif de journaux (*Le Journal des Débats*, *Le Globe*, *Le Constitutionnel*, *La Quotidienne*, *Le Moniteur*), quelle que fût son hostilité à leur ton ou point de vue, il y puisait les faits et les opinions du jour. Ses propres articles, destinés au public britannique, offrent une chronique animée de la vie intellectuelle et politique sous la Restauration. Quelques-uns des comptes rendus, y compris un article louangeur sur son propre *Racine et Shakespeare*, sont divertissants. Ses réactions à l'imagination débridée de Victor Hugo dans *Han d'Islande* sont savoureuses. Mais c'est la chronique politique qui est d'un intérêt particulier.

Ces articles envoyés aux revues anglaises révèlent un esprit à l'écoute des événements de cette époque turbulente : la contre-offensive des ultras après l'assassinat du duc de Berry, le deuxième ministère de Richelieu, la nouvelle loi électorale favorisant les propriétaires terriens, la loi d'indemnité compensant les nobles spoliés pendant la Révolution, la loi du sacrilège imposant la peine de mort pour certains actes profanateurs. Le ministère de Villèle en particulier s'évertua à marcher à contre-courant de l'histoire, et à retourner à l'Ancien Régime. Ces années de mesures réactionnaires furent pour Stendhal un enseignement politique autrement plus fécond que l'aventure napoléonienne. La leçon allait enrichir la satire du *Rouge et le Noir* aussi bien que la fantaisie comique et parfois parodique de *La Chartreuse de Parme*.

Ce que Stendhal offre à ses lecteurs anglais n'est rien moins qu'un tableau, fragmentaire bien sûr, de la France après la chute de Napoléon. Il y évoque trois types d'aristocratie : les ultras du faubourg Saint-Germain ; un groupe à l'esprit plus ouvert, représenté par le comte de Sainte-Aulaire ; l'aristocratie d'argent de la Chaussée d'Antin. Il note l'ennui qui règne à la cour, la docilité d'une armée prête à servir n'importe quel maître, l'assujettissement et la veulerie de la magistrature pleine de complaisance pour la classe nobiliaire. Stendhal se montre particulièrement acerbe en parlant des jésuites qui recrutent de jeunes paysans sans instruction pour en faire des curés de campagne, et leur apprennent dans les séminaires à *faire des armes* au cas où la Congrégation aurait intérêt à faire naître une guerre civile. Julien Sorel, dans *Le Rouge et le Noir*, allait bientôt rencontrer ces jeunes rustres paresseux et cupides. Les nombreux contrastes établis dans les articles anglais entre l'agitation de Paris et la somnolence provinciale, si propre à la rêverie féminine, préfigurent aussi des thèmes importants de ce roman qui, à l'insu de son auteur, commençait à prendre forme dans son esprit.

Les observations de Stendhal vont au-delà d'anecdotes et d'aperçus incisifs. Derrière les remarques tranchantes et les esquisses d'une époque, il y a la constatation que l'histoire s'est extraordinairement accélérée. Stendhal explique qu'un Français de 1824 est un être totalement différent d'un sujet de Louis XV, qu'un homme de soixante ans a sur toutes choses des idées qui sont aux antipodes de celles de son fils de trente ans. Il note à diverses reprises la coexistence de plusieurs générations très proches les unes des autres, mais séparées irrémédiablement par une éducation et des expériences totalement dissemblables. Les romans de Stendhal insisteront sur cette distance, et mettront en relief les conflits qui en résultent. Car le dialogue entre père et fils, et même entre frère aîné et frère cadet, était devenu difficile, sinon impossible.

Le drame de l'histoire contemporaine constitue la toile de fond de presque tous les écrits de Stendhal. Il fut l'un des premiers à saisir avec netteté que les valeurs du passé ne sauraient aider à résoudre les nouveaux problèmes. Les bouleversements politiques et les changements abrupts de régimes (Révolution, Directoire, Consulat, Empire, retour des Bourbons, monarchie constitutionnelle après la révolution de Juillet) lui firent comprendre que tout retranchement derrière un système politique était illusoire. Quant à l'histoire, elle ne pouvait plus être envisagée comme un type d'archéologie ou de tourisme dans le passé. Elle était devenue une force explosive, et même une nouvelle forme de tyrannie.

Dans la mesure où les articles qu'il écrivait pour les revues britanniques encourageaient Stendhal à s'informer et à s'exprimer sur une variété de sujets sociaux et politiques, ce fut une préparation enrichissante pour ses romans. Mais un autre texte, bien différent de tout ce qu'il avait écrit jusqu'à présent, allait diriger le polémiste et dilettante littéraire vers le métier de romancier.

De l'amour (1822), cet ouvrage qui frôle à tout moment la fiction, est peut-être aussi le texte le plus « personnel » que Stendhal ait jamais publié. Aussi ne faut-il pas s'étonner que, dans un chapitre long seulement de quatre lignes, Stendhal se demande avec inquiétude s'il a réussi à imposer silence à son cœur. « Je tremble toujours de n'avoir écrit qu'un soupir, quand je crois avoir noté une vérité » (I, 9). Car *De l'amour*, inspiré par l'Idéologie, et prétendant traiter le sujet de la passion amoureuse « simplement, raisonnablement, mathématiquement », est en fait à la fois une justification de son propre comportement d'amoureux, un ensemble de prescriptions pour son hygiène sentimentale, et une *Vita nuova* stendhalienne. Sa Béatrice, c'est la fière et inaccessible Métilde Dembowski qui, à Milan, avait rejeté son amour, l'avait exilé de son salon, et dont le souvenir allait le hanter le restant de ses jours. Il est certain que cette femme intelligente mais ombrageuse fut une source d'inspiration importante pour le romancier.

On cite souvent les théories de Stendhal : les quatre types d'amour, avec en tête l'amour-passion ; le rapport entre le climat, les institutions politiques, le tempérament et l'art d'aimer. Ce sont toutefois les éléments de confession intime – notamment à propos de l'amour non partagé – qui communiquent à ce livre sa musique profonde. Les transpositions sont évidentes. Stendhal devient son propre confident, se dépréciant et se justifiant dans le vague espoir sans doute que la distante Métilde lira son livre et sera émue. Cette charge émotive porte ce livre à tout moment au seuil de la création romanesque. « Voyage dans un pays inconnu » est le titre d'un des chapitres qui met en scène le personnage de Lisio Visconti souffrant de la fièvre de l'attente insupportable de la femme aimée, puis manquant d'esprit et de courage en sa présence. Visconti se punit ensuite des sottises qu'il a pu dire, si humiliantes pour son amour-propre. Le déguisement est transparent. Visconti, c'est évidemment Stendhal lui-même. Et c'est encore Stendhal que l'on reconnaît en Salviati, l'homme repoussé par la femme qu'il aime à la folie, et qui se voit accusé d'indiscrétion et condamné à un régime de deux visites seulement par mois. Sa maladresse délirante durant ces visites espacées, les reproches qu'il se fait après coup pour se consoler et se justifier à ses propres yeux – tout cela décrit les tourments de Stendhal amoureux infortuné. Mais l'expérience de ces tourments est déjà en voie de transformation romanesque.

Rien n'atteste mieux cette transmutation du vécu que la tendance stendhalienne à s'accorder des compensations imaginaires[8]. Une vision binoculaire transmet, pour différents événements, les émotions de tel ou tel personnage aussi bien que l'interprétation que l'auteur perspicace leur en donne. Cette optique compensatrice implique l'excellence des peines de cœur et de l'échec amoureux. C'est ainsi que Stendhal préfère le mélancolique bonheur de Werther aux succès stériles de Don Juan. Werther, selon Stendhal, cultive sa vulnérabilité et ses déconvenues comme preuves de sa sensibilité et comme sources de joies profondes. Dans un chapitre intitulé « Werther et Don Juan » il plaint le séducteur pour ses grands moments de « sécheresse » et maintient que « l'amour à la Werther » ouvre l'âme à toutes les beautés.

Le besoin de compensations pousse Stendhal à jouer avec des situations hypothétiques. L'imagination travaille ici à plein. Stendhal conçoit des victoires secrètes dont l'amoureux, aveuglé par sa timidité et sa maladresse, est parfaitement incapable de profiter. Il imagine même que la femme aimée, croyant s'être refusée, désire en réalité le contraire. M'aimait-elle ? C'est la grande question que Stendhal ne cesse de se poser après son échec milanais. Cette même question tourmente ses héros, question à laquelle leur auteur donne une réponse pleine de détours, mais finalement positive. *De l'amour* suggère à diverses reprises que Métilde n'a pas osé aimer, que c'est par pudeur, ou par crainte de ses propres sentiments, qu'elle se força à ne pas fléchir. On trouve cette phrase à la fin du chapitre 8 : « Une femme est capable d'aimer et, dans un an entier, de ne dire que dix ou douze mots à l'homme qu'elle préfère. » Autre type de consolation : l'amant est tellement préoccupé par son amour qu'il reste aveugle à sa propre victoire. Parmi les fragments et aphorismes donnés à la fin de l'ouvrage : « J'ai vu un homme découvrir que son rival était aimé, et celui-ci ne pas le voir à cause de sa passion. » De semblables rêveries apaisantes mènent Stendhal directement vers une création romanesque où s'élaborent et s'entrecroisent les thèmes de la cécité amoureuse et de l'estime de soi-même.

Lyrisme et esprit d'analyse constituent les deux pôles de ce quasi-roman qu'est *De l'amour*. Mais ce sont les éléments tendres et musicaux qui dominent. La déviation à partir d'un début qui se veut précis et même scientifique – dérive vers une célébration poétique de l'amour-passion – laisse penser que l'entrée en matière « idéologique » n'est qu'une façade protectrice. *De l'amour* est en fait une mine de notations extrêmement personnelles sur le délire amoureux, le travail de l'imagination, la fièvre de la jalousie, les rêveries impossibles à transcrire, la poésie de l'incommunicable. « La rêverie de l'amour ne peut se noter. » Et cependant quelques-uns des passages les plus réussis de ce livre ressuscitent avec acuité des moments privilégiés et éphémères.

> « Ave Maria (twilight), en Italie heure de la tendresse, des plaisirs de l'âme et de la mélancolie : sensation augmentée par le son de ces belles cloches.
>
> Heures des plaisirs qui ne tiennent aux sens que par les souvenirs [9]. »

Rousseau a clairement exercé une influence plus profonde et plus durable qu'Helvétius et Lancelin. En dernière analyse, *De l'amour* a pour sujet rêves, désirs exaucés, fantaisies troublantes, angoisses et défaites d'amant, associés au souvenir parfois lancinant des émotions et à la mémoire des lieux.

Toute une série de textes signalent une évolution vers le roman dont Stendhal lui-même est à peine conscient. Dans *Pensées, Filosofia nova*, le disciple enthousiaste des idéologues s'était exercé à mettre en pratique les leçons d'analyse et d'énergie. Dans son *Journal*, il développera son goût pour les situations fictives où il se projette en tant que sujet. Le plaisir qu'il prend aux exercices de nature romanesque se manifeste notamment dans les pages intitulées « Caractères » (1805-1806), petite collection de portraits psychologiques esquissés en collaboration avec son ami Louis Crozet. Ces évaluations et dissections, souvent assaisonnées de détails assez crus, n'étaient évidemment pas destinées à la publication. Certains des modèles étaient des collègues de l'ingénieur Crozet. C'est ainsi que nous apprenons qu'un dénommé Romain (il s'agit de l'ingénieur Derrien), petit et court de jambes, toujours prêt à rire de tout, éprouvant une « sainte admiration » devant une belle botte ou un bel habit, tirant vanité de ses dents qu'il nettoie deux fois par jour, s'est ridiculement amouraché d'une prostituée du Palais-Royal[10]. Ce type de croquis qui se veut analytique, prétendant viser à une meilleure connaissance du « cœur humain », pouvait captiver le jeune Beyle qui pensait encore au théâtre et se sentait bien plus attiré par le drame des personnages que par celui des situations. Mais le genre du « portrait » ou du « caractère », qui remonte aux moralistes français du XVIIe siècle, avait exercé une influence féconde sur le roman du XVIIIe siècle, notamment sur le roman de mœurs et le roman psychologique. Le goût de Stendhal pour l'analyse et l'observation de ses propres démarches l'a tout naturellement guidé vers le genre littéraire le plus susceptible de développements dans cette voie.

La disposition à s'examiner et à élaborer divers plans et stratégies se donne libre cours dans un texte révélateur, connu sous le titre de *Consultation pour Banti* (1811). Banti est un des nombreux pseudonymes assumés par Henri Beyle. Quant à la « consultation », elle a pour objet la possibilité et l'opportunité de séduire une certaine duchesse de B***, qui n'est autre qu'Alexandrine Daru, la femme de Pierre Daru, le grand administrateur de Napoléon, et le « bienfaiteur » parisien de son jeune cousin Henri. La consultation commence par la question : « Dois-je ou ne dois-je pas avoir la duchesse ? » Stendhal avait du goût pour ce genre de consultation qui lui permettait de jouer à la fois les rôles de patient et de clinicien. Il se met à examiner ses chances, propose un plan d'action et applique les leçons de l'Idéologie selon laquelle *connaître* veut dire *maîtriser*. L'analyse fonctionne ici au service de la conquête, mais alimente du coup l'imagination. Ce genre d'exercice peut sembler juvénile. Mais l'étude du caractère de la duchesse de B*** est complexe et nuancée, tenant compte de sa formation, de l'influence de sa mère, de son éducation religieuse, de son talent pour la danse, de son aptitude à éprouver une grande passion, de son attitude envers ses enfants, de ses réactions au bonheur et à l'infortune, de ses inhibitions, de ce qu'elle exigerait d'un amant. Stendhal va jusqu'à esquisser le caractère de son mari. Tout au long, il crée des situations hypothétiques. Comment se donnera-t-elle ? Stendhal invente une scène. « Elle sera emportée dans un moment de trouble, à la campagne, l'été, à huit heures du soir, deux heures après un bon dîner où elle aura beaucoup parlé »[11]. La conclusion de la « Consultation » : « Si Banti veut jamais l'avoir, il doit attaquer promptement. » On croit presque voir Julien avec Mme de Rênal dans le jardin de Vergy. Le miniportrait devient un roman en miniature.

Les dons de Stendhal pour la narration sont en évidence dès les premières œuvres, consacrées à la musique et à la peinture. Le récit de l'amour tragique de Bianca Capello dans l'*Histoire de la peinture en Italie* semble déjà appartenir aux *Chroniques italiennes*, y compris les éléments passionnels : signaux secrets, enlèvements, fuites avec l'amant, jalousie, violences, meurtre et suicide. Le plaisir que Stendhal prend aux anecdotes et récits digressifs dont il émaille ses pages devient plus frappant encore lorsqu'on compare son texte aux sources qu'il n'hésite pas à plagier à l'occasion. L'amour du moine peintre Fra Filippo Lippi pour son modèle Lucrezia Buti – séduction de couvent où la passion s'exprime d'abord par le langage des yeux – donne lieu à une narration qui ne serait pas déplacée dans un conte ou une nouvelle[12]. Dans *Rome, Naples et Florence*, la technique du journal fictif introduit d'entrée de jeu une trame narrative rehaussée par l'invention de situations romanesques, portraits psychologiques, rencontres de hasard, historiettes de passions désespérées, actes cruels, brigands généreux, ainsi que par l'effort soutenu de fournir des détails pittoresques. Parfois l'idée d'aller vers le roman semble se glisser dans l'esprit de Stendhal. « Situation de roman bien singulière, mais trop délicate pour être traitée dans nos mœurs », écrit-il à propos d'une histoire napolitaine de jalousie et de dénonciation. Et à propos d'une dame « héroïque » qu'il affirme avoir rencontrée à Bologne, il remarque que sa vie « ferait un des romans les plus intéressants et les plus nobles »[13]. L'image de la duchesse Sanseverina commence vaguement à prendre forme bien des années avant d'être pleinement développée et exaltée dans *La Chartreuse de Parme.*

L'approche biographique ne saurait être négligée. Son amour malheureux pour Mathilde Dembowski (la Métilde des écrits intimes), qui remonte au printemps de 1818, et que Stendhal lui-même compare au commencement d'une grande phrase musicale, laissa une marque profonde sur son imagination littéraire. Il existe d'étonnantes ressemblances entre les lettres adressées à Métilde en 1819 et certaines pages de *Lucien Leuwen* composées en 1834. Stendhal se rendait du reste parfaitement compte qu'il redécouvrait et déchiffrait le passé en décrivant l'amour de Lucien pour Mme de Chasteller. À quinze ans de distance, on retrouve les mêmes doléances, les mêmes efforts pour se justifier, voire les mêmes expressions. Tout se passe comme si Stendhal avait consulté les brouillons ou les copies de ses vieilles lettres. Mais la douleur et les humiliations restées vives après tant d'années sont maintenant transmuées par la joie de la création romanesque. Stendhal lui-même se montre surpris par la proximité et l'intensité des émotions passées. « *I write upon the sensations of 1819*, fraîches comme d'hier après quinze ans », note-t-il dans son anglais un peu particulier en marge du manuscrit de *Lucien Leuwen*, à l'endroit où Lucien se console en buvant. Et ailleurs : « ... seize ans *after I write upon* ! Si Méti[lde] l'avait su ! »[14].

Les conséquences littéraires de ses insuccès auprès de Métilde Dembowski sont attestées par deux écrits qui jalonnent l'acheminement de Stendhal vers le roman : les pages curieuses intitulées « Roman de Métilde » (1819), ainsi qu'un long récit destiné à illustrer les sept périodes de la cristallisation, « Ernestine ou la naissance de l'amour »[15]. « Le Roman de Métilde » (intitulé tout simplement « Roman » dans le manuscrit) est une confession fictive composée pour émouvoir Mme Dembowski, et la convaincre de la sincérité et de la délicatesse de son amour. Ce bref récit devait servir d'intercesseur. Rédigé en l'espace de quatre heures, durant un accès d'espoir, la petite nouvelle fut abandonnée au milieu d'une phrase, et ne fut jamais envoyée. Mais les mobiles de la composition, la situation qu'elle décrit, et surtout le portrait du protagoniste sont du plus haut intérêt. L'amant malheureux, un officier polonais qui a servi sous Napoléon, ne sait ni cacher, ni habilement exprimer son amour. Gauche et jaloux, Poloski souffre de ses propres insuffisances presque autant que de l'indifférence de la contessina Bianca. Cette beauté italienne, au noble profil lombard, a une expression de douceur et de tristesse imposante qui reste invisible aux êtres prosaïques. Un autre personnage, la duchesse d'Empoli, femme méchante et dominatrice, s'oppose aux espoirs de Poloski, faisant tout pour lui nuire dans l'esprit de Bianca. Ce type de personnage hostile, dont le modèle est probablement la cousine de Métilde, Mme Traversi, revient à plusieurs reprises dans les romans de Stendhal. Mais le personnage le plus intéressant du « Roman de Métilde » est sans nul doute le baron Zanca, l'ami sagace et cynique de Poloski, qui joue pour celui-ci le double rôle de confident et de juge impitoyable de ses insuffisances. À travers le baron Zanca, Stendhal se punit et se console, se plaint et s'enorgueillit de son « caractère chimérique, rêveur, poétique » propre à sentir profondément toutes les peines de l'amour. Si seulement Métilde l'avait compris... !

L'autre texte qui conduit Stendhal vers le roman, « Ernestine ou la naissance de l'amour », apparaît en complément à *De l'amour*. Son point de départ est la première phrase du chapitre IV, énumérant les stades de l'amour qui, à partir de la surprise et de l'admiration, passent par l'espérance et le doute, pour aboutir à la « cristallisation ». Stendhal imagine l'éducation sentimentale d'une jeune fille solitaire, vivant avec un vieil oncle dans un château isolé, et qui tombe amoureuse d'un jeune chasseur aperçu un jour dans le bois, près du château. L'évolution des sentiments qui mènent la jeune fille à prendre conscience de son amour est traitée avec une grande délicatesse. Le ton est par moments celui d'une « démonstration ». Mais presque en dépit de l'intention de l'auteur, la démonstration cède la place à la narration et à l'analyse des sentiments, cependant que se manifestent d'incontestables techniques romanesques. Le rythme varié, l'emploi habile du présent de l'indicatif, le soin pris pour maintenir l'incertitude, témoignent du plaisir qu'éprouve l'auteur à transformer sa démonstration en récit. Stendhal lui-même s'aperçoit que ses pages le portent vers le roman. « J'écrirais dix volumes comme Richardson si j'entreprenais de noter toutes les manières... » Déjà il avait noté : « ... je n'ai pas l'espace qu'il faut pour faire un roman. »

Ce qui n'empêche qu'« Ernestine ou la naissance de l'amour » contient des descriptions détaillées, des analyses d'états d'âme et de tensions psychologiques, des monologues intérieurs, des situations dramatiques, et même des éléments de satire. En outre, ces pages amorcent certains des grands thèmes et procédés narratifs des romans stendhaliens : la cécité partielle du protagoniste, sa pudeur et sa tendance à se déprécier, la sympathie admirative que le narrateur éprouve pour son personnage dans ses moments de faiblesse et de comportement inepte, la peur du regard d'autrui, le désir d'être vu tout en cherchant à se dissimuler. L'amour n'est pas conçu comme une pathologie, mais comme une création fragile qui ne peut survivre que là où existe la plus exquise qualité d'âme.

CHAPITRE 3

ARMANCE OU L'ESTIME DE SOI

Les tâtonnements de Stendhal sur le chemin du roman semblent confirmés par le fait qu'*Armance* est indirectement le fruit d'une mystification. C'est à croire que Stendhal avait besoin de l'excuse d'une gageure pour se livrer à ce qui pour lui allait devenir l'occupation sérieuse de sa vie. Les circonstances sont bien connues. Mme de Duras qui, dans ses romans (*Ourika*, *Édouard*), s'était appliquée à décrire des situations sociales et sentimentales « impossibles », avait autour de 1825 écrit une nouvelle, *Olivier*, dont le sujet était le plus grand obstacle à l'amour : l'impuissance sexuelle du héros. Seul le titre du livre fut connu du public ; le sujet paraissait trop délicat, et Mme de Duras mourut peu d'années après sans avoir publié son roman. Mais des indiscrétions avaient fait connaître l'essentiel du sujet à Henri de Latouche, qui obtint un succès de scandale en écrivant un *Olivier* de son propre cru, et en le faisant publier par l'éditeur d'*Ourika*, et dans le même format, de façon à faire croire que c'était Mme de Duras qui se cachait derrière l'anonymat de son roman à lui. La mystification chatouilla l'imagination de Stendhal. Quelques mois plus tard, il conçut l'idée d'écrire lui aussi un roman sur un « babilan* », ou personnage sexuellement déficient, qui au départ s'appelait aussi Olivier. Mais l'intérêt du public pour le scandale et la supercherie littéraire s'était émoussé. *Armance* rapporta à Stendhal juste assez d'argent pour un voyage en Italie, mais n'ajouta rien à sa réputation littéraire.

* Le terme « babilan » renvoie à un certain Babilano Pallavicino, personnage italien du XVIIe siècle, qui souffrait de l'infirmité qui allait être connue sous ce nom.

On est tenté de se demander ce qui, outre le plaisir du jeu, avait pu attirer Stendhal vers un tel sujet. Les « fiascos », il est vrai, l'intéressaient ; un chapitre entier dans *De l'amour* est consacré à ce sujet scabreux. Mais le « babilanisme » était une autre affaire. Dans une lettre très crue à Mérimée (23 décembre 1826) qui éclaire ce qui reste délibérément obscur dans le roman, Stendhal parle de façon explicite des aspects physiologiques et psychologiques de l'impuissance sexuelle. Le sujet l'attirait peut-être dans la mesure où il touchait aux thèmes de la particularité et de l'éloignement. Octave, le héros d'*Armance*, bien qu'amoureux, est à la fois étranger à l'amour et étranger à la société à laquelle il appartient. Il est *dedans* et *dehors*, participant et observateur, actif et cependant condamné à une passivité lucide.

Il est curieux que Stendhal ait attendu jusqu'au mois de septembre 1826 pour reprendre une idée vieille de presque un an, surtout si son unique désir était de faire concurrence à une mystification dont le piquant s'était atténué. D'autres mobiles ont dû le pousser. « Repris comme remède le 19 septembre 1826... » inscrit-il de façon quelque peu mystérieuse sur son exemplaire d'*Armance*[1]. Mais remède à quoi ? Un coup d'œil rapide aux événements personnels de cette année permet d'expliquer le besoin d'une thérapie littéraire. Au mois de mai, la comtesse Clémentine Curial, après deux années de liaison passionnée et tempétueuse, lui avait signifié que c'était fini, qu'elle en aimait un autre. Cet « affreux malheur » faillit le pousser au suicide. Sur le même exemplaire du roman, Stendhal note : « *The 7 october 1826 he was very near of* pistolet. » Le roman fut écrit sous le signe du désespoir.

Ce désespoir affecte le ton d'*Armance*. Mais le chagrin personnel reste étrangement extérieur au sujet et aux thèmes du livre. On chercherait en vain une quelconque corrélation vitale entre les soucis suicidaires de Stendhal et l'agitation du héros. Les formulations de l'auteur ont beau être nuancées, les causes ou les raisons derrière les crises cyclothymiques d'apathie et d'enthousiasme d'Octave demeurent trop vagues, et même indéchiffrables. Il en résulte un certain manque de substance et de proportions, non tant parce que la clef du « babilanisme » d'Octave ne nous est jamais donnée, mais parce que les chagrins et souvenirs pénibles du romancier, qui sont à la base du livre, correspondent mal à l'état physiologique du protagoniste. En conséquence, la conception même d'*Armance* souffre d'un certain flottement, et ses développements laissent également apparaître un certain flou, qui du reste n'est pas sans charme.

La difficulté provient en partie de ce que Stendhal avait peu de goût pour la conduite d'une intrigue. Sans données venues de l'extérieur, il lui était apparemment difficile de développer une action dramatique selon un enchaînement logique et rigoureux. C'est ainsi qu'il place Octave et sa cousine Armance plus ou moins arbitrairement devant une série d'obstacles imprévisibles. La notion même d'*obstacle*, qui remonte à ses méditations sur les techniques théâtrales[2], acquiert ici pour ainsi dire le statut d'un thème. L'obstacle en tant que procédé narratif allait du reste jouer un rôle capital dans les œuvres à venir, non seulement comme élément de tension et moyen de faire rebondir l'action, mais comme *épreuve* morale et émotive très recherchée par tous les héros de Stendhal.

L'intrigue d'*Armance* tourne autour des scrupules du jeune Octave qui a peur d'aimer, tout en craignant de perdre l'estime de celle qu'il aime. Celle-ci, assaillie elle aussi de scrupules, éprouve de la honte à laisser deviner ses sentiments, et préfère ne pas être aimée à l'idée de tomber dans l'estime du jeune homme qu'elle aime. Une chorégraphie de l'amour-propre est au centre du livre. La toile de fond, c'est la société de la Restauration. Les rapports entre les protagonistes hypersensibles se déroulent au milieu de la morgue et de l'ennui des salons ultras. La politique, sous forme de la loi de l'indemnité, fournit un élément important de tension dramatique. Deux millions de francs vont-ils griser Octave ? Ces mêmes deux millions vont-ils transformer Armance en intrigante désirant se marier par pur intérêt d'argent ? La question n'est jamais posée objectivement. Les doutes des personnages sont entièrement subjectifs, et ne sont pas ressentis par le lecteur. Car leurs vraies incertitudes et réprobations ne concernent pas l'autre, mais eux-mêmes. « Ah ! que je me déplais à moi-même !... » (chap. 3). Croire mériter son propre mépris est sûrement la pire crainte des personnages stendhaliens. Cette même crainte est peut-être aussi leur trait le plus attachant.

Des échos de Lord Byron font d'Octave un héros de son

temps. Peu après son mariage qui ne saurait être consommé, il s'embarque pour la Grèce où il prétend avoir fait vœu de se battre. Sur le pont du navire, face au littoral de la Morée, il met fin à ses jours grâce à un mélange d'opium et de digitale préparé d'avance. Il meurt, le sourire sur les lèvres. Ce lyrisme byronien est la contrepartie des humeurs sombres et des crises de violence. Stendhal allait bientôt abandonner ce ton pour lequel il avait en réalité peu de disposition.

On peut se demander si la déficience sexuelle de son personnage intéressait tout particulièrement Stendhal. Il évite d'en parler ouvertement dans son roman. Le comportement d'Octave semble toutefois riche de symptômes et de symboles. D'aucuns ont fait état de « névrose » et de « syndromes », invoquant Pinel, Freud et de savants travaux de psychopathologie [3]. Il est certain que Stendhal connaissait le *Traité médico-philosophique sur l'aliénation mentale ou la manie* de Pinel, aussi bien que les travaux de Cabanis sur les rapports entre les facteurs physiques et psychologiques. Mais il est facile d'exagérer le symbolisme sexuel du roman, ainsi que son exactitude pathologique. Il semblerait au contraire que Stendhal ait touché à ces questions en sourdine, et ceci non par prudence ou par délicatesse, mais parce que pour lui le vrai sujet du livre était ailleurs.

Le sous-titre originel d'*Armance*, « Anecdote du XIXe siècle », déclare sans équivoque l'orientation historique du roman. Les intentions de Stendhal s'expliquent à la lumière de ses chroniques socioculturelles pour les revues anglaises. Son éditeur le persuada de choisir un sous-titre plus spécifique encore : « Quelques scènes d'un salon de Paris en 1827 ». Avec *Armance*, Stendhal espérait donner, sinon un tableau complet et haut en couleur, du moins une série de croquis incisifs de l'aristocratie parisienne étiolée. Une intrusion d'auteur au chapitre 29 mentionne explicitement « les produits gangrenés de la nouvelle génération ». Il n'y avait qu'une seule difficulté. Stendhal ne connaissait pas de première main les salons du Faubourg Saint-Germain, d'où un élément supplémentaire de vague.

Le diagnostic de Stendhal révèle cependant un mal profond. L'impuissance en question n'est pas une déficience uniquement physiologique, mais celle de toute une classe sociale.

Dans un sens plus large encore, la critique d'une société nourrie de fausses valeurs représentera, d'un roman à l'autre, une des contributions les plus originales de son œuvre. S'il est possible de parler du « réalisme » de Stendhal, ce n'est pas pour la précision du décor, des costumes, ou des détails de la vie quotidienne, mais pour la perception nuancée des courants et sous-courants historiques et politiques de son époque. Cette toile de fond sociopolitique fait que ce premier roman de Stendhal peut être considéré comme un jalon important dans l'histoire du réalisme littéraire. *Armance*, qui précède de quelques années les premiers grands romans de Balzac, émet une résonance nouvelle.

La double perspective est une autre caractéristique de la narration stendhalienne. Octave voit et juge les défauts de sa classe sociale ; mais il est lui-même jugé et critiqué. Le héros ironique ironiquement perçu – l'apport singulier de Stendhal au développement du antihéros dans la littérature du XIXe siècle – est à la source de bien des ambiguïtés du roman. Ces ambiguïtés, qui peuvent déconcerter le lecteur inattentif, dérivent de la mobilité du point de vue. *Armance* est une œuvre qui n'aurait pas pu être écrite trente ans plus tôt, bien qu'à certains égards elle paraisse conventionnelle de ton et légèrement surannée. Ses ambivalences reflètent l'esprit d'une époque obligée de faire le bilan de son instabilité et de constater l'impossibilité de continuer avec un système anachronique de valeurs. Les conséquences esthétiques et morales d'une pareille critique sont complexes. Stendhal lui-même proclamera dans *Souvenirs d'égotisme* que « le génie du soupçon » va régner dorénavant. Cette nouvelle ère du « soupçon » laissait peu de place au lyrisme naïf et aux principes immuables. Tout allait maintenant être sujet à caution, soumis à l'examen. Rien ne saurait être pris pour acquis. Le problème de la liberté morale est de la sorte implicite dans la mobilité et l'instabilité de la narration stendhalienne. Si le héros traditionnel s'avère impossible, c'est que les valeurs morales sont devenues fluides et les codes incertains. Mais si l'on ne peut se fier aux règles venues de l'extérieur, si la société elle-même fait circuler la fausse monnaie, il faut bien alors que chacun élabore ses propres règles de conduite. L'intégrité, pour Stendhal, devient une question de respect de soi-même. La perspective relativiste, loin de mener au cynisme ou au renoncement, pousse le personnage stendhalien à se forger un code moral personnel. Individualisme qui accouple liberté et estime de soi. L'amour-propre, si haïssable aux yeux de Pascal, devient paradoxalement indispensable à la recherche d'une morale.

Octave et sa cousine découvrent qu'il est plus difficile de ne pas déroger à ses propres yeux que d'obtenir l'estime d'autrui. L'humiliation d'aimer, les pactes conclus avec soi-même, le désir de lucidité, le goût de la dissimulation, le rêve de circuler incognito, tous ces traits indiquent une disposition solipsiste. Octave voudrait se voir comme s'il était « un autre ». Mais s'il recherche cette altérité, ce n'est pas pour échapper à lui-même, mais pour mieux pouvoir mesurer ses mérites et ses défauts. *Armance* développe les premières variations romanesques de Stendhal sur les thèmes de l'autodiscipline et de l'invention d'une morale privée. Les obstacles sur le parcours du roman peuvent paraître arbitrairement dressés par l'auteur ; ils sont en réalité exigés par les protagonistes pour pouvoir se mettre à l'épreuve. L'image de l'obstacle fait partie intégrante de la notion bien stendhalienne d'un « devoir » qu'on s'impose. C'est la gratuité du devoir qui en fait tout le prix. La recherche d'une morale personnelle et l'hostilité foncière aux règles de la société dépassent ainsi une misanthropie ordinaire ou une naïve révolte romantique contre la société ennemie. Ce qui est en cause, c'est la nostalgie d'une liberté morale et psychologique.

Même les techniques narratives sont au service du thème de la liberté. Stendhal fait sentir sa présence moyennant des intrusions d'auteur et des observations du type « maxime » dans la tradition de Mme de Lafayette, Mme de Souza ou Mme de Genlis. *La Princesse de Clèves* est constamment présente à son esprit durant la composition du roman. Les formules lapidaires communiquent directement des vérités générales, des jugements sur le comportement des personnages, des appréciations esthétiques. Ces formules relèvent d'un système d'interventions du narrateur que Stendhal a hérité de ses prédécesseurs, mais qu'il exploite de façon originale à ses propres fins. La présence de l'auteur dans le texte d'*Armance* n'est pas le simple fait d'une tradition littéraire ou d'un besoin impertinent de se faire entendre. Les observations ironiques concernant les personnages, les approbations et les reproches, les petits dialogues avec le lecteur, ne sauraient s'expliquer par un présomptueux désir d'entrer en scène personnellement. Car tout en cherchant à faire correspondre son récit à ses préoccupations intimes, Stendhal s'efforce également, en tant que narrateur, de se détacher et de se désolidariser. C'est ainsi qu'il s'attribue un rôle qui consiste, semble-t-il, à désavouer ses personnages [4].

Stendhal intervient à presque toutes les pages de son roman. Les jeunes protagonistes sont critiqués pour leur peu d'habileté à comprendre la vie, à se comprendre l'un l'autre, à se connaître eux-mêmes. À tout moment, la voix narrative interrompt et s'affirme en exprimant des opinions différentes des leurs. Cette usurpation devient si habituelle, les transitions qui mènent de la conscience des personnages à celle du narrateur sont si rapides, que le lecteur finit par ne plus s'apercevoir de ces déplacements abrupts de la perspective. Au surplus, les commentaires sont remplis d'ambiguïtés. Stendhal assume une attitude paternelle, tantôt condescendante, tantôt bénévole. Il souligne l'ingénuité d'Octave, sa naïveté, et prend plaisir à révéler ses défauts et faiblesses. Il arrive que même les qualités de toute évidence prisées par Stendhal (le dédain d'Octave pour sa caste, son insoumission aux règles de la société, son intolérance de l'hypocrisie, son sens exalté de la dignité personnelle) soient présentées sous forme de moqueries et de blâme.

Dans tous ses romans, Stendhal adoptera cette voie d'approche oblique, jouant de façon équivoque avec des expressions de blâme et de louange. Rien n'est plus propre à son art et à son tempérament que l'habitude de mettre en valeur par le sarcasme les moments où son héros se singularise par une action magnanime ou passionnée, par ses qualités les meilleures. L'ironie protège ce que l'auteur admire le plus (sentiments ou illusions) ; et du coup elle offre à ses personnages le maximum de liberté possible à l'intérieur des conventions du roman. La présence d'un narrateur qui ne cesse de s'affirmer semble garantir l'indépendance de ses personnages.

Armance reste néanmoins un roman décevant, malgré sa délicate tristesse, la mobilité des points de vue, l'exploitation originale des conventions narratives. Ce qu'il y a d'un peu vaporeux est dû sans doute au manque de fusion entre mémoire et imagination. Dans ses romans ultérieurs, Stendhal réalisera cette fusion, mais seulement lorsqu'il se sera affranchi du souci d'inventer une intrigue. Ce n'est qu'en se laissant guider par des données préalables – événements narrés dans de vieilles chroniques ou dans le procès-verbal d'un crime célèbre – qu'il se sentira libre de développer son canevas intime. Les grands romans de Stendhal sont le fruit de cette étonnante coexistence d'une réalité externe et d'un monde intérieur. L'intensité du *Rouge et le Noir* est le résultat de ce contrepoint opposant les contraintes de l'intrigue à la liberté de rêver.

CHAPITRE 4

LE ROUGE ET LE NOIR : LES AMBIVALENCES DE LA LIBERTÉ

Voies d'approche

Nous pénétrons dans la petite ville de Verrières en compagnie d'un « voyageur parisien ». Cette entrée en touriste nous fait d'abord voir des maisons blanches, des tuiles rouges, des châtaigniers vigoureux. À travers ce prisme parisien, nous sommes conviés à embrasser d'un regard détaché et supérieur un milieu provincial auquel nous n'appartenons pas. La nature transitoire de cette arrivée suggère mobilité et distance ironique. L'observateur de passage, venu de la capitale, introduit d'entrée de jeu une présence intermédiaire entre les événements narrés et le lecteur. La perspective est celle d'un « étranger ».

Cette perspective établit aussi les deux pôles du roman : Paris et la province. Car le touriste parisien est plus impliqué qu'il n'apparaît à première vue. L'ironie est à double tranchant. Dès les premières pages, la mondanité se discrédite. À l'instant où l'hypothétique Parisien aperçoit Mme de Rênal et la juge en connaisseur de femmes, il lui vient des pensées libertines. Or il y a ici désaccord profond. La « grâce naïve » de Mme de Rênal, son absence de coquetterie et d'affectation sont inconcevables dans le monde artificiel et frivole de la capitale.

L'antithèse ville/nature est tout d'abord développée dans le contexte provincial. Verrières, avec ses murs mitoyens et ses préoccupations mesquines, est entourée de montagnes splendides. Dès qu'on pénètre dans cette petite ville de la Franche-Comté, on est comme assourdi par le fracas d'une fabrique de clous. Des jeunes filles gracieuses et fraîches offrent de petits morceaux de fer aux marteaux de l'horrible machine. Ces ouvrières sont comme les esclaves du monstre vorace de l'industrie. Le contraste entre le vacarme de la machine et la délicatesse des figures féminines donne une impression de cérémonie inhumaine. La nature est brutalisée et profanée par l'ogre du commerce. L'image de ces jeunes mains fragiles exposées aux coups des marteaux est un premier commentaire sur les valeurs bassement matérielles qui selon Stendhal ont déshumanisé le monde moderne. Mais l'image annonce aussi le propriétaire de cette fabrique, le maire de Verrières, M. de Rênal. Sa vulgarité aussi bien que le sort de la femme forcée de subir sa lourde et bruyante présence sont symbolisés par l'image de la machine assourdissante.

L'ouverture ambiguë et légèrement désinvolte du roman est parsemée de nombreux détails symboliques. Les jardins de Verrières sont hérissés de murs et protégés par des grilles. Les platanes sont taillés et tondus de façon uniforme, indiquant l'esprit de conformisme ainsi que la répression de tout naturel. Stendhal compare ces arbres amputés aux « formes magnifiques » des arbres en Angleterre où on les laisse pousser librement. Ces observations arboricoles sont d'autant plus significatives que Stendhal compare habituellement une humanité vigoureuse (celle des hommes énergiques de la Renaissance, par exemple) à une végétation puissante. Tailler des arbres, c'est les mutiler, les priver de leur vitalité et de leur individualité. Sur le plan humain, cet humiliant conformisme provient de la tyrannie des interdits et des conventions sociales.

Le thème de la liberté, introduit dès le second paragraphe par l'image de la haute montagne, est bientôt développé par d'autres images de verticalité. Julien Sorel est d'abord aperçu dans le hangar de la scierie appartenant à son père, assis à cheval sur l'une des poutres de la toiture. Sa position « à cheval » est en accord évident avec son livre préféré, le *Mémorial de Sainte-Hélène*, qu'il est en train de lire au lieu de surveiller le mécanisme de la scie. (Son goût pour la lecture dépite son père illettré.) L'imagination de Julien s'envole vers la région mythique des exploits de Napoléon. À la fin du chapitre 10, l'exaltation spirituelle sera de nouveau traduite en images ascensionnelles, cette fois en des termes rappelant Rousseau. Au sommet d'une montagne, debout sur un grand rocher, Julien éprouve la joie de la solitude et de la méditation. La sensation que procure l'altitude correspond à son enthousiasme pour Napoléon, mais aussi à son rêve personnel d'une destinée spéciale. Les expressions « air pur », « isolement », « sérénité », « mouvements tranquilles et puissants » donnent le ton. L'immense panorama, l'épervier décrivant de grands cercles, le silence enivrant, la solitude de l'oiseau de proie, tout contribue au sentiment exaltant de dominer grâce à l'altitude.

Dès le début, le roman annonce des structures thématiques complexes. Dans une perspective strictement biographique, la transposition romanesque de l'histoire d'un crime passionnel relaté dans la *Gazette des tribunaux* se rapporte sans doute à l'aversion de Stendhal pour son père, à son désir de se libérer des contraintes de sa vie familiale, à ses rêves de succès loin des petitesses de sa ville natale. D'un point de vue psychologique, *Le Rouge et le Noir* offre des analyses raffinées de l'amour cérébral (et des différents stades de l'amour en général), ainsi qu'une vision ironique des tourments que peut s'infliger un adolescent ambitieux mais peu sûr de lui. L'orgueil et la timidité se combattent dans l'esprit de ce jeune plébéien qui refuse de se soumettre.

L'histoire de Julien Sorel se présente aussi comme un document d'époque. Le climat d'opportunisme à la suite de la Révolution et de l'Empire, la montée des jeunes gens de talent vers la capitale, la fluidité des classes sociales, la diffusion des valeurs bourgeoises : ce sont là les sujets que Stendhal aborde, souvent de façon satirique. Le monde de Verrières, ceux du séminaire de Besançon et de la société ultra de Paris, sont présentés en des termes qui rappellent les pages les plus caustiques de ses articles envoyés aux revues anglaises. Les portraits tendent parfois à la caricature. Stendhal prend toutefois très au sérieux les conditions sociales et politiques telles qu'il les observe : le fossé grandissant entre les générations, les réactions néfastes d'un clergé apeuré et d'une noblesse dépassée par l'histoire, les effets suffocants du conformisme, le despotisme même de l'histoire. Au-delà des dangers immédiats, des questions d'un ordre moral se posent. Comment protéger la précieuse individualité ? Comment demeurer sincère dans un monde hypocrite ? Comment se servir des armes de l'ennemi sans se compromettre ? Autrement dit, quelles sont les stratégies valables pour se défendre dans un contexte social qui nie de plus en plus la priorité des valeurs privées ?

Le Rouge et le Noir peut enfin être abordé par rapport à l'histoire littéraire en tant qu'effort délibéré pour créer un roman où se croisent Valmont, Chérubin, la comtesse Almaviva, Saint-Preux et Tartufe – personnages archiconnus dont la présence hétéroclite permet à l'auteur d'élaborer allégrement son mythe personnel d'énergie et de liberté.

Chacune de ces voies d'approche a son mérite. Cependant, le choix d'un point de vue exclusif présente de sérieux inconvénients dans le cas de ce roman. Peu d'œuvres se prêtent davantage à une lecture déformante. L'habitude propre à Stendhal de brouiller les pistes en désavouant ce qui lui est cher, les oscillations et les discontinuités d'un récit riche en ellipses et litotes, mais surtout sa façon de déprécier son héros à l'instant même où il l'admire le plus, son plaisir quasi subversif de jouer au porte-parole d'idées contraires aux siennes, ces aspects de son art de romancier ont dérouté plus d'un lecteur, et parmi les meilleurs. Son ami Mérimée, qui pourtant n'était pas sentimental de nature, lui reprochait d'avoir attribué à Julien des « traits atroces », d'avoir mis en lumière des « vilenies » cachées, des vérités odieuses. Balzac notait la « sinistre et froide philosophie » du livre, les moqueries de l'auteur et son « rire de démon ». Quant à T.S. Eliot, il comparait le style de Stendhal à un couteau plongé dans l'âme du lecteur et y détruisant impitoyablement toutes les illusions [1].

Ce n'est pas tenir compte de l'esprit du livre, de son ton et de son rythme. La moindre touche, le moindre détail, par exemple l'emploi désinvolte d'épigraphes (convention très à la mode à l'époque), peut aider le lecteur à mieux entendre les multiples voix de Stendhal. Car ces épigraphes, parfois totalement inventées (celle par exemple attribuée à Hobbes au début du livre) sont des moyens irrévérencieux d'établir un climat de complicité entre l'auteur taquin et le lecteur attentif. Il en est de même des portraits, qui ne sont parfois que des silhouettes, et qui invitent le lecteur à collaborer au développement du personnage. Notre première impression de Mme de Rênal, nous y avons déjà fait allusion, dépend de deux phrases entièrement hypothétiques :

> « ... aux yeux d'un Parisien, cette grâce naïve, pleine d'innocence et de vivacité, serait même allée jusqu'à rappeler des idées de douce volupté. Si elle eût appris ce genre de succès, Mme de Rênal en eût été bien honteuse » (I, 3)*.

La méthode de présentation, allusive et conditionnelle, protège l'intimité du personnage tout en la révélant. Ce qui ajoute à la complexité et au piquant de ces phrases, c'est que le personnage imaginaire qui a un rôle *réel* dans le roman est observé par un personnage également imaginaire mais totalement étranger à l'action du livre, et dont l'érotisme flagrant ne fait que rehausser la pudicité de Mme de Rênal. Ce qui *aurait pu être* contribue au déroulement de ce qui va se passer. La structure elliptique et hypothétique prépare l'action et les découvertes à venir. Mais l'efficacité d'un tel portrait dépend de l'agilité mentale du lecteur.

L'ellipse est un moyen de choix. Riche en sous-entendus, flattant l'intelligence de celui qui pense l'avoir déchiffrée, elle fait surgir des significations tout en les camouflant. Entre la construction d'une grande église et les sentences injustes rendues par un juge de paix, père d'une famille nombreuse, il semble à première vue qu'il n'y ait aucun rapport. Mais quelques paragraphes plus loin, nous apprenons que les sentences du juge de paix et la construction de la nouvelle église éclairent tout à coup le jeune Julien qui, à partir de ce moment, cesse de parler avec enthousiasme de Napoléon. Aux raccourcis de la narration correspond une soudaine compréhension du moment historique. Mais l'idée suivante jaillit déjà. La nouvelle église, les sentences iniques du juge et l'illumination d'un garçon de quatorze ans renvoient au climat réactionnaire d'une époque où l'Église désire le pouvoir, où la notion de dignité individuelle s'estompe, et où ceux-là mêmes à qui il incombe de défendre la justice sont réduits à la servilité (I, 5).

Les ellipses de la pensée vont de pair avec les discontinuités du récit. Les rapides déplacements de points de vue, qui semblent abolir toute transition, exigent un travail accéléré

* Les chiffres romains entre parenthèses indiquent les parties du roman ; les chiffres arabes renvoient aux chapitres.

d'interprétation. Le passage suivant peut servir d'exemple. Julien, outré par la vulgarité de M. de Rênal, est sur le point de faire éclater sa haine des gens riches :

> « — Monsieur Julien, de grâce, modérez-vous ; songez que nous avons tous des moments d'humeur, dit rapidement Mme Derville.
>
> Julien la regarda froidement avec des yeux où se peignait le plus souverain mépris.
>
> Ce regard étonna Mme Derville, et l'eût surprise bien davantage si elle en eût deviné la véritable expression ; elle y eût lu comme un espoir vague de la plus atroce vengeance. Ce sont sans doute de tels moments d'humiliation qui ont fait les Robespierre.
>
> — Votre Julien est bien violent, il m'effraie, dit tout bas Mme Derville à son amie » (I, 9).

Au premier abord, rien ne semble dans ce passage interrompre le flux de la narration. La courte scène – car c'est une « scène » presque théâtrale – commence et se termine par un dialogue. Mais très vite, le narrateur se distancie de l'interlocutrice, et nous voyons Julien de l'extérieur, objectivement. Tout de suite après, le point de vue se déplace encore. Grâce à une construction de phrase conditionnelle, nous accédons à la pensée intime de l'auteur. Nous apprenons ce que nul observateur, pas même Julien, ne peut savoir. C'est le moment où Stendhal, ayant progressivement envahi la substance de son récit, intervient tout à fait. La boutade à propos de la dynamique révolutionnaire de l'humiliation vient tout juste de s'imprimer dans notre esprit, que nous sommes à nouveau emportés par l'action du roman. Déjà Mme Derville s'est remise à parler. En fait, rien ne semble s'être passé depuis ses premières paroles. Le commentaire stendhalien a été submergé par le mouvement même qui nous a dirigés vers l'auteur. Le lecteur se sent replongé dans le courant narratif [2].

Lire Stendhal est un exercice d'agilité. Il faut suivre les démarches d'un style qui, à travers les pirouettes de l'ironie et les instabilités sémantiques, communique le *vibrato* cher à l'auteur. La versatilité du vocabulaire et les inversions du sens donné aux mots peuvent aisément dérouter le lecteur. « Sot »,

« sottise », « ridicule », « faiblesse » ne sont nullement des termes péjoratifs lorsqu'ils s'appliquent au héros. Ils désignent plutôt sa charmante maladresse, son incapacité à mettre en œuvre ses plans de jeune ambitieux, son essentielle spontanéité. Si Julien est « sot à mourir toute la journée » dans son comportement avec Mme de Rênal (I, 14), c'est que nous devons comprendre que son extrême timidité est attendrissante. Sa gaucherie est la preuve de sa désarmante inexpérience et de sa vulnérabilité. « Sur le soir, une idée ridicule lui vint » (I, 15). L'idée ridicule en question est celle d'annoncer à Mme de Rênal qu'il viendra dans sa chambre cette nuit. Mais l'adjectif « ridicule » est loin d'être défavorable dans le contexte. Quelques phrases plus loin, Stendhal applaudit le courage maladroit de son héros. Les expressions de blâme, dans le cas de Julien, signifient presque automatiquement « naturel », « spontané », « attachant », « généreux ». À l'inverse, les mots habituels d'approbation doivent souvent se lire comme des compliments insincères et méprisants. Les termes « sang-froid » et « prudence » notamment doivent à l'occasion s'interpréter comme des expressions de censure, synonymes de « sec », « triste », « glacé » – autrement dit, de tout ce qui manque de vitalité. Cette manipulation du sens des mots correspond à une stratégie subversive qui s'applique également aux questions sociales et politiques. Le lecteur de Stendhal doit s'acclimater à un espace mental où *non* signifie souvent *oui*, où le *oui* ne peut en fait survivre que si le *non* est là pour le protéger. Cette rhétorique de l'inversion soulève des questions fondamentales : Comment protéger sa liberté d'esprit ? Comment dissimuler des vues considérées comme hérétiques ? Servir du bout des lèvres les tyrannies de ce monde est peut-être la seule façon de défendre sa liberté intérieure.

Aucun aspect du caractère de Julien n'échappe à l'ambiguïté. L'auteur fait sans cesse intervenir des éléments qui mettent en doute l'idée que nous venons de nous former. Cette instabilité se manifeste dès les premières pages. L'ambition qui dévore l'âme du jeune plébéien semble résumée par l'horreur que lui inspire l'idée de devoir manger avec des domestiques. Mais il vient à peine d'exprimer cette horreur, que Stendhal nous informe que cette répugnance ne lui était « pas naturelle », qu'elle était d'origine livresque, qu'il l'avait puisée dans *Les Confessions* de Rousseau (I, 5). Au même chapitre, il est question de son hypocrisie. Mais la formulation reste ambiguë à l'extrême. En se rendant chez les Rênal, Julien pense « qu'il serait utile à son hypocrisie » de faire une station à l'église. Ce désir de perfectionner son rôle d'hypocrite semble indiquer que ce rôle n'est pas inné en lui. Seule une personne fondamentalement non hypocrite pourrait décider ainsi d'assumer ce rôle, comme si l'hypocrisie elle-même n'était qu'un masque. L'ambition de Julien est en réalité alliée à une ferveur d'âme, à une capacité d'enthousiasme, qui n'ont rien de commun avec des calculs matérialistes. D'une part, Stendhal nous informe que Julien est prêt à « s'exposer à mille morts » plutôt que de ne pas faire fortune ; mais tout de suite après, cette notion d'un appétit féroce de succès est corrigée par l'explication que « faire fortune » veut dire pour Julien s'échapper de Verrières, ville où tout glace son imagination.

Deux épisodes confirment la spontanéité de Julien, et son extrême sensibilité, toutes deux contraires à la première impression d'un personnage froidement calculateur. À un dîner de prêtres auquel son protecteur l'abbé Chélan l'a invité, il ne peut s'empêcher de louer Napoléon « avec fureur » (Julien se punit sans tarder pour ce grave manquement à la conduite qu'il cherche à s'imposer). L'autre épisode est plus révélateur encore : son arrivée en larmes devant la maison du maire, et son « invincible timidité » tout au long de cette première rencontre avec Mme de Rênal (I, 5, 6). Celle-ci le prend d'abord pour une jeune fille déguisée, ce qui fait écho à l'épigraphe du chapitre qui est une citation de l'air de Chérubin dans *Les Noces de Figaro* de Mozart :

> « *Non so più cosa son,*
> *Cosa faccio* »
>
> (« Je ne sais plus ce que je suis,
> Ce que je fais »)

Julien a d'ailleurs les larmes faciles. Il pleurera avec délices lorsqu'il se rendra compte que l'abbé Chélan l'aime comme un père. Plus d'une fois, Stendhal insiste sur la candeur souvent réprimée de ses émotions d'adolescent.

L'esprit de conflit est au cœur de la création stendhalienne.

Une tension permanente existe entre ce que Julien croit qu'il est et ce qu'il voudrait être, entre ce qui l'incite à devenir ce qu'il n'est pas, et ce qui le mène à découvrir ce qu'il devient. La timidité et la détermination se partagent son cœur. La scène célèbre du jardin de Vergy, quand Julien se donne l'ordre de prendre la main de Mme de Rênal, décrit « l'affreux combat que le devoir livrait à la timidité ». La scène ne manque pas d'un certain comique. Julien est tellement absorbé par ce qu'il s'impose d'accomplir, qu'il ne remarque pas sa victoire. Mme de Rênal, qui a été obligée de quitter sa place un instant pour relever un vase de fleurs, lui « rend » spontanément sa main. La cécité momentanée de Julien préfigure d'autres états sous l'effet d'émotions violentes et d'idées fixes. La difficulté de reconnaître le bonheur, l'incapacité d'identifier et de saisir le moment privilégié, ce sont là des thèmes profonds du livre. Ce ne sera qu'à travers le souvenir que Julien apprendra, mais tard, à sauver son bonheur passé.

Le mélange de timidité et de conduite compulsive est à l'origine de bien d'autres moments de comédie. En route à deux heures du matin pour la chambre de Mme de Rênal comme il se l'est promis, Julien est désolé, en passant devant la chambre de son mari, d'entendre celui-ci ronfler. Plus d'excuse maintenant pour manquer au « devoir » qu'il s'est imposé ! Mais sa peur de réussir est moins ironique que son incapacité d'attribuer son succès à sa véritable cause. Car ce n'est pas sa stratégie maladroite, mais la tendresse amoureuse de Mme de Rênal qui lui donne accès à son intimité. Ultime ironie de l'épisode : la concentration de Julien sur son rôle de séducteur est si intense qu'elle l'empêche de jouir de la « sensibilité brûlante » de la femme qu'il tient dans ses bras. « Ai-je bien joué mon rôle ? » – c'est la grande question qu'il se pose, à laquelle correspond logiquement cette autre perplexité sous forme de question : « ... être aimé, n'est-ce que ça ? » (I, 15).

Le désir de ne pas être dupe est sans nul doute un signe d'honnêteté. Le scepticisme de Julien relève d'une sévérité vigilante envers lui-même. Il se dicte des devoirs ; il est prêt aussi à se juger et à se punir. Ayant loué Napoléon au dîner avec les prêtres, il s'attache le bras droit contre la poitrine (la pose est symbolique) et le porte deux mois entiers dans cette position inconfortable. Il s'apprend à obéir à une morale dont les seuls critères sont ceux qu'il s'impose. Ce qu'il exige de lui-même requiert une discipline personnelle, nulle aide, excepté sous forme de mythes historiques et d'images littéraires, ne lui parvenant de l'extérieur. Et cependant Julien désire le jugement d'autrui, tout en le craignant. « Que j'aimerais celui qui me prouve que je ne suis qu'un sot ! » (I, 8) – ce qui ne l'empêche pas de cacher ses vrais sentiments et de dissimuler ses projets. Il fait tout ce qu'il peut en somme pour ne compter que sur lui-même pour se critiquer et se réprimander. Cependant il se trompe à chaque fois sur ses vrais sentiments, tout en demeurant insensible à ses qualités réelles. S'il lui arrive de dire des sottises, il s'accable de son mépris, s'exagérant l'étendue de ses absurdités. Mais ce qu'il ne peut voir, c'est l'expression de ses beaux yeux qui trahissent une « âme si ardente » que Mme de Rênal en est tout émue (I, 7). En d'autres mots, sa propre spontanéité lui échappe.

Comment présenter un personnage à la fois spontané et excessivement conscient de sa vulnérabilité, c'était là un problème pour le romancier. C'était aussi un problème personnel. La lucidité et l'enthousiasme, comme l'a bien remarqué Jean-Pierre Richard, sont les deux pôles de la sensibilité stendhalienne [3]. Il serait aisé de montrer comment, d'un bout à l'autre du roman, la spontanéité des personnages est protégée du fait même qu'ils n'arrivent pas à se voir eux-mêmes. Mme de Rênal, parlant à son mari, déguise totalement le plaisir qu'elle éprouve à voir Julien engagé comme précepteur des enfants. Mais l'auteur insiste que c'est par « un mouvement instinctif [...] dont certainement elle ne se rendit pas compte » (I, 6). Elle tombe amoureuse sans le savoir, devient jalouse sans se l'avouer, éprouve en général le plus grand mal à lire dans son propre cœur. Stendhal joue de multiples variations sur les états d'âme qui échappent à la conscience. Ses interventions d'auteur assument dans ce sens une valeur poétique. L'omniscience ironique du narrateur protège la vie intérieure de ses personnages, et leur permet de poursuivre leur chimère.

Les intrusions de l'auteur sont à la source d'autres tensions. Les dénis, les excuses insincères, les apartés déloyaux, masquent l'affection qu'il porte à son héros. Les pensées et les conduites de Julien provoquent des commentaires digressifs, des maximes de sagesse, des conseils condescendants, des exclamations de surprise. Ces interventions n'entravent pourtant ni le mouvement du récit ni le travail de l'imagination. Jouant avec les données d'une situation, l'auteur projette constamment de nouvelles situations hypothétiques, créant de la fiction au sein de la fiction, en même temps que l'illusion que les personnages, responsables de leurs actes, restent libres de déterminer leur voie.

Cette duplicité créatrice s'applique à l'auteur lui-même. Ses interventions remuent le souvenir d'échecs anciens et sondent des blessures mal guéries. Les gaucheries de Julien font souffrir Stendhal, tout en lui offrant l'occasion, par personnage interposé, de se dédommager. Il revit ses plus mortifiantes déconvenues, tout en s'accordant des victoires imaginaires. Il invente des situations humiliantes, des affronts à l'amour-propre, mais laisse entrevoir ce qui échappe au héros : la proximité du succès.

La voix narrative trahit de la sorte une foncière instabilité de l'écriture. Tiraillé à la fois par le désir d'émouvoir et cependant de ne pas révéler ce qui l'émeut, Stendhal confère sa propre sensibilité à ses créatures fictives, et se concède à lui-même le privilège de revivre, mais aussi de surmonter, ses peines les plus vives. L'action réelle du roman se trouve ainsi alliée à l'acte même de l'écrire. L'auteur, présent à lui-même tel un protagoniste, ne cesse de se chercher, tout en refusant de se définir. Sa présence dans le texte, la distance ironique et libératrice qu'il prend par rapport à ses personnages, semblent garantir leur autonomie, mais paradoxalement aussi la sienne.

Niveaux de tension

Bien que le titre du roman évoque immédiatement l'idée d'antithèse et de choix (rouge ou noir, exploit physique ou énergie mentale, prêtre ou bourreau, jacobin ou réactionnaire), il ne faudrait pas donner trop de poids à ce genre de symbolisme. Les titres à couleur plaisaient à Stendhal ; ils étaient d'ailleurs à la mode. Quelques années plus tard, en composant *Lucien Leuwen*, il envisageait d'autres titres possibles, parmi lesquels *L'Amarante ou le noir* ou *Le Rouge et le Blanc*.

Le titre *Le Rouge et le Noir* est du reste venu à Stendhal après coup, alors que le roman était déjà chez l'imprimeur.

Néanmoins, le principe de contrastes semble tenir. Il est illustré d'un bout à l'autre du roman par une rhétorique de comparaisons et d'oppositions. « Quelle différence ! » est une des exclamations préférées de Julien. Quelle différence avec ce qui a été ! Quelle différence avec ce qu'il a perdu ! Quelle différence avec les yeux de Mme de Rênal ! C'est le grand refrain de ses monologues intérieurs. On dirait que Julien a besoin de ces contrastes pour justifier ses regrets et ses mouvements passionnés. Pour Stendhal aussi, la réalité ne prend de relief que par les dissemblances. Le monde est divisé en camps qui s'opposent. L'objet d'une aversion déclenche l'admiration pour son contraire. Un moment de répugnance devient la raison d'un attrait. Pour penser tendrement à Mme de Rênal, Julien doit d'abord mesurer la vulgarité et le mauvais goût de Mme Valenod. Stendhal est explicite : « Julien pensait à Mme de Rênal. Sa méfiance ne le laissait guère susceptible que de ce genre de souvenirs qui sont appelés par les contrastes, mais alors il en était saisi jusqu'à l'attendrissement » (I, 22).

La naissance de l'amour en particulier semble relever de la perception d'un contraste. C'est le « gros rire » de son mari qui fait que Mme de Rênal remarque les beaux sourcils noirs « si bien arqués » de Julien (I, 7). Son attraction encore innocente pour le jeune précepteur dont elle croit deviner la noblesse d'âme provient directement du contraste entre l'éclat de rire grossier de son mari et la sensibilité inscrite sur le visage de Julien. C'est autour du même principe d'opposition qu'est construite la scène capitale dans la bibliothèque de l'Hôtel de La Mole. Lorsque Mathilde de La Mole, venue chercher un livre, surprend la conversation entre Julien et l'abbé Pirard, elle est frappée par le contraste entre l'esprit indépendant de Julien et l'attitude servile de l'abbé. « Celui-là n'est pas né à genoux, pensa-t-elle, comme ce vieil abbé. Dieu ! qu'il est laid » (II, 4). Son amour pour Julien – si amour est le mot juste pour désigner les émotions de Mathilde – remonte à ce moment.

Nulle scène n'illustre plus vivement cette fonction antinomique du mépris que celle du bal à l'Hôtel de Retz (II, 8). Deux figures « héroïques » se trouvent au centre de cette soirée que nous jugeons à travers les yeux de Mathilde : Altamira, le patriote italien qui a été condamné à mort, et Julien. Mais le regard admiratif qui est celui de Mathilde n'est possible que dans la mesure où elle éprouve le plus souverain mépris pour tous les jeunes gens de haute naissance et à moustaches, dont la platitude parfaite et les bonnes manières insipides lui inspirent un ennui mortel. Or l'ennui, dans le contexte stendhalien, ne mène pas, comme il le fait chez Flaubert ou Baudelaire, à la paralysie de la volonté, aux velléités suicidaires, à la volupté du néant. L'ennui stendhalien, éminemment guérissable, appelle un prompt remède, et sert de tremplin à l'énergie. L'ennui, tout autant que l'exécration, galvanise les protagonistes de Stendhal. Il est, en un sens, la condition première de leur ferveur. Ce pouvoir inattendu de l'ennui est admirablement résumé par une phrase elliptique décrivant l'état de Mathilde pendant qu'un fade admirateur essaie de se faire entendre et qu'elle ne l'écoute même pas. « Mathilde s'ennuyait en espoir. » C'est dire qu'elle tient à rester disponible, attendant l'heure de pouvoir admirer. Au doux et poli marquis de Croisenois qui lui fait la cour, elle déclare d'un air hautain : « Je veux voir un homme... » (II, 8).

Ce besoin impérieux d'admirer n'est pas provoqué uniquement par le mépris pour la médiocrité. Il provient aussi de la crainte qu'éprouve Mathilde d'être à son tour méprisée. Déconcertée par la froideur presque insolente de Julien, elle se met à lui attribuer une origine fabuleuse. L'orgueil qu'elle croit lire dans son regard de feu lui donne l'idée qu'il a « l'air d'un prince déguisé ». Les traits de Julien s'impriment d'autant plus fortement dans l'esprit de Mathilde qu'elle souffre d'un sentiment croissant d'humiliation. « Elle avait été méprisée par Julien, et ne pouvait le mépriser » (II, 9). Cette oscillation continuera à régir leurs rapports avec la rigueur d'un principe irréfutable. « Il méprise les autres, c'est pour cela que je ne le méprise pas » (II, 12).

La tension essentielle est évidemment interne. Le mépris est terrible surtout quand il s'agit de la crainte de se mépriser soi-même. Julien ne surmonte son hésitation à prendre l'échelle du jardin pour grimper à la chambre de Mathilde que lorsqu'il comprend qu'il y aurait de la lâcheté à ne pas obéir à la lettre qu'elle vient de lui envoyer. Il soupçonne que cette lettre, qui est presque un ordre, fait partie d'un complot. « Mais, si je refuse, je me méprise moi-même dans la suite » (II, 15). Or la vraie difficulté de vivre, pour les personnages de Stendhal, serait de cohabiter avec le reproche d'avoir été lâche. L'amour risque ainsi à tout moment de devenir prétexte à la crainte de déroger. Quant à la jalousie, elle illustre le grand tourment que Stendhal, dans le chapitre « L'Opéra Bouffe », appelle l'« imagination renversée » : l'amoureux tourmenté finit par devenir le complice de son bourreau. L'*imagination renversée*, c'est se voir inférieur, c'est souffrir d'un profond dégoût de soi-même, c'est attribuer toutes les qualités au rival réel ou imaginaire.

Stendhal multiplie les tensions du roman en insistant sur l'écart entre la prétendue opinion de l'auteur et le comportement de ses personnages. Mlle de La Mole, qui écrit des lettres immodérées et aspire à des gestes héroïques, a si peu d'une « poupée parisienne » que le « malheureux auteur » se sent obligé de faire des excuses au lecteur pour les « mouvements de folie » qui dégradent le caractère de cette jeune personne (II, 17, 19). Ces feintes protestations créent une double ambiguïté. Sous forme de fausses excuses, elles communiquent la chaude sympathie de l'auteur pour son personnage, tout en critiquant, sous forme d'approbation, une société qui réprouverait la conduite d'une telle jeune fille.

Stendhal pratique avec adresse deux formes d'intervention : les apparentes infidélités à sa propre façon de voir les choses, et l'habitude de désavouer les êtres d'exception issus de son imagination. Plus d'une fois, le mode conditionnel produit un ton à la fois critique, conjectural et émouvant. Lorsque Julien ne devine pas ce qui se cache derrière le plaisir que Mathilde prend à le tourmenter, et que surtout il ne trouve pas le moyen de lui faire avouer qu'elle l'aime, l'auteur saute en scène :

> « On voit que Julien n'avait aucune expérience de la vie, il n'avait pas même lu de romans ; s'il eût été un peu moins gauche et qu'il eût dit avec quelque sang-froid à cette jeune fille, par lui si adorée et qui lui faisait des confidences si étranges : Convenez que quoique je ne vaille pas tous ces messieurs, c'est pourtant moi que vous aimez…
>
> Peut-être eût-elle été heureuse d'être devinée : du moins le succès eût-il dépendu entièrement de la grâce avec laquelle Julien eût exprimé cette idée, et du moment qu'il eût choisi.

Dans tous les cas il sortait bien, et avec avantage pour lui, d'une situation qui allait devenir monotone aux yeux de Mathilde.

— Et vous ne m'aimez plus, moi qui vous adore ! lui dit un jour Julien éperdu d'amour et de malheur. Cette sottise était à peu près la plus grande qu'il pût commettre » (II, 18).

La distance qui sépare ce qui aurait pu (ou dû) arriver de ce qui en fait s'est passé permet de constater l'amour de l'altière jeune fille en même temps que la naïveté du héros. Il est évident que tout au long de cette scène d'« intimité cruelle » si pénible pour Julien, Stendhal exprime une commisération ironique qui remue des souvenirs personnels. Il gourmande son héros, proposant des solutions que celui-ci est incapable d'envisager. La partie du dialogue qui est entièrement hypothétique tend à consoler et à dédommager celui qui ne peut même pas entendre les bons conseils de l'auteur. Mais du coup, la structure conditionnelle de la digression, en faisant entendre que la souffrance de Julien est sans cause réelle, fait ressortir ce qu'elle peut avoir de poétique et d'émouvant. Car c'est bien son absence de talent comme froid séducteur que Stendhal nous demande d'admirer. Le plaisir aigre-doux de revivre ses propres maladresses et crises de timidité s'associe de la sorte à celui d'exalter les peines de son héros. Juger son personnage avec une feinte sévérité équivaut à une autocritique libératrice : l'auteur peut rêver sans entraves de situations douloureuses réellement vécues par lui dans le passé mais qui, dans le présent du roman, et grâce à l'omniscience du narrateur, sont victorieusement dépassées. Tout reste possible ; même le passé peut être transformé. Les techniques du récit permettent à Stendhal de fusionner des circonstances hélas non modifiables avec une interprétation romanesque qui, elle, reste fluide.

Les rapports prétendument conflictuels entre l'auteur et ses personnages sont accentués par une terminologie militaire. Ces images martiales ne sont pas limitées à des effets quasi burlesques rappelant l'aria « *Non più andrai* » du Figaro de Mozart, ni au traditionnel choix de mots – « attaque », « défense », « siège », « conquête » – se rapportant à la séduction amoureuse. Après sa première nuit avec Mme de Rênal, Julien repasse dans son esprit tous les détails de sa conduite « comme le soldat qui revient de la parade » (I, 15). Il est amusant de le voir affronter les robes, les chapeaux, les bijoux de Mme de Rênal – « ces terribles instruments de l'artillerie féminine » (I, 16). La métaphore, dans le contexte, est entièrement pertinente. La passion de Julien pour la légende napoléonienne transforme pour lui la situation la moins contentieuse en champ de bataille. « Aux armes ! » est une exclamation qui lui est chère. Ces humeurs belligérantes devant les événements les plus ordinaires, ainsi que la conviction qu'il se doit d'être sans cesse en état d'alerte, contribuent au « commerce armé » avec Mathilde. « Serons-nous aujourd'hui amis ou ennemis ? », telle est la question quotidienne. Songeant à un combat imminent, Julien évalue en tacticien le terrain sur lequel il faudra « manœuvrer » (II, 10).

Ces images de guerre résonnent autrement encore. Si Julien est un lecteur assidu de Las Cases, Stendhal de son côté a lu attentivement *Les Liaisons dangereuses*, roman épistolaire de Laclos qui décrit la séduction comme un combat « corps à corps », où des termes militaires comme « défensive », « rencontre », « ruse », « petite guerre » parsèment les lettres de Valmont et de la marquise de Merteuil. L'exemple de Laclos a pu encourager Stendhal à concevoir l'amour comme une lutte entre deux volontés, comme l'occasion de mobiliser l'énergie et l'orgueil. On pourrait alléguer que pour Julien les métaphores belliqueuses correspondent à la lutte des classes. Stendhal parle effectivement de son « rôle de plébéien révolté », de son regard menaçant défini comme celui d'un homme « en guerre avec toute la société » (II, 10, 13). Mais une pareille interprétation serait tendancieuse. Ce qui intéressait surtout Stendhal, ainsi qu'il l'expliquait à son ami le comte Salvagnoli, c'était de « renouveler tout le dialogue de l'amour ». Il était particulièrement fier d'avoir su peindre l'amour cérébral, « l'amour de tête »[4].

La grande réussite de Stendhal est toutefois la transposition du thème de Clorinde et Tancrède dans *La Jérusalem délivrée*, thème érotique qui n'a cessé de le hanter. La notion d'une haine amoureuse et l'image d'un combat voluptueux occupaient depuis ses jeunes années une place spéciale dans son imagination. En écrivant la *Vie de Henry Brulard*, il se rappellera à quel point les jambes de sa « cruelle ennemie » (sa tante Séraphie) firent impression sur lui, et avec quel « plaisir délicieux » il aurait aimé serrer dans ses bras « cette ennemie acharnée »[5]. Il avait sûrement lu et relu l'épisode du duel nocturne au douzième chant du poème du Tasse.

> « *Tre volte il cavalier la donna stringe*
> *Con le rebuste braccia ; ed altrettante*
> *Da que' nodi tenaci ella si scinge,*
> *Node di fier nemico, e non d'amante.* »
>
> (« Trois fois le guerrier serra la femme
> Dans ses bras vigoureux, et trois fois
> Celle-ci se dégagea de ces liens tenaces,
> Liens non d'amant, mais de féroce ennemi. »)

La terminologie dans la deuxième partie du *Rouge et le Noir* ne laisse aucun doute quant à l'importance des métaphores militaires dans les rapports de Julien avec Mathilde de La Mole. « *Aux armes !* » s'exhorte Julien, songeant à « la bataille qui se prépare » (II, 14). Avant l'escalade nocturne à la chambre de Mathilde, il entreprend une « reconnaissance militaire » (II, 16). Il est question de victoires, de demi-victoires, de défaites. Les étapes de leur amour sont jalonnées par une succession rapide d'attaques et de retraites.

Ce « commerce armé » (II, 10) incite Julien à développer des ressources libératrices. La narration progresse alors simultanément à des niveaux distincts. Il arrive ainsi que Julien soit engagé dans un dialogue tendu, tout en poursuivant un « discours » intérieur, parallèle mais entièrement indépendant. Ce décalage entre la réalité externe et une action purement imaginaire est encore accru par un dédoublement de la perception. Une des pages les plus troublantes du roman joue entièrement sur ce type de fragmentation de la conscience. Durant un échange de paroles entre Julien et Mathilde au chapitre « Une Loge aux Bouffes » (II, 30), nous entendons Julien discourir pendant qu'il s'écoute parler et qu'il découvre que le son et le sens de ses paroles lui sont totalement étrangers. Le moment est perçu à travers la conscience de Julien. Par un retour des circonstances, il vient de prendre le dessus ; c'est lui maintenant qui par sa prétendue froideur fait souffrir

Mathilde. Mais c'est une victoire qui lui coûte cher. La douleur qu'il lit sur le visage de la jeune fille sape sa détermination à se montrer indifférent. C'est à peine s'il a le courage de résister au désir d'avouer son amour ; mais il sait qu'au moindre signe de faiblesse de sa part, il perdra Mathilde. Aussi continue-t-il à parler automatiquement et à feindre la froideur, en opposition directe à ses sentiments réels, cependant que son cœur lui souffle d'autres paroles.

> « Ah ! se disait-il en écoutant le son des vaines paroles que prononçait sa bouche, comme il eût fait un bruit étranger ; si je pouvais couvrir de baisers ces joues si pâles, et que tu ne le sentisses pas ! »

Cette phrase d'une tournure complexe, marquant une séparation quasi onirique du personnage d'avec le rôle (la « vaine comédie ») qu'il se force à jouer, insiste sur une réalité interne fort éloignée du monde des gestes et des actes. Le rêve devient principe vital. La syntaxe glisse de l'observation générale au désir de contact intime exprimé par la voix du narrateur, alors que le monologue intérieur passe de l'impersonnalité de « ces joues » au pronom personnel « tu ». Le souhait tend à éclipser le moment vécu. Mais ce souhait lui-même se veut détaché du moment immédiat (« que tu ne le sentisses pas ! »). Stendhal atteint ici à une poésie du silence et de l'irréalisation qui prolonge et protège la capacité de rêver. Tout absorbé par lui-même, Julien cesse de se sentir dominé par son amour-propre. Ce qu'il cherche, ce n'est plus la victoire érotique, mais la sensation pure.

Tensions libératrices

Les hostilités entre classes sociales sont intimement liées aux analyses psychologiques. Dans le long projet d'article que Stendhal envoya à son ami Salvagnoli, il affirmait avoir voulu faire le portrait des « mœurs si peu aimables » de la France en 1829. Ce que lui-même considérait la partie la plus remarquable de son roman comme « peinture de mœurs », c'est le séjour de Julien au séminaire de Besançon[6]. « *Very well* le séminaire », approuve-t-il à plusieurs reprises dans les marges de son exemplaire. Il était de toute évidence satisfait de la sombre satire d'un milieu qui se signale non par sa ferveur religieuse, mais par la mesquinerie et l'hypocrisie. Derrière les murs épais du séminaire, des fils de paysans, préférant marmonner des mots de latin plutôt que de labourer les champs, cultivent l'art de cacher leur cupidité et perfectionnent leur mine contrite. Julien découvre qu'il y a même une façon dévote de manger un œuf à la coque. Or ces rustres sont devenus une force politique – ou plutôt un outil au service de l'Église militante engagée dans la lutte contre-révolutionnaire, et se préparant à l'éventualité d'une guerre civile. Cette partie du roman fait écho aux articles déjà mentionnés de Stendhal pour diverses revues anglaises où il signalait l'entraînement paramilitaire de ces futurs « curés de campagne », leur ignorance, leur fanatisme, leurs appétits grossiers.

Une fois sorti de l'ambiance relativement protégée de Verrières, Julien découvre à Besançon une image réduite du monde tel qu'il est, ou tel qu'il veut le voir. « Suivant les maximes qu'il s'était faites, il considéra ses trois cent vingt et un camarades comme des ennemis... » (I, 26). Du coup, il se sent justifié dans son rôle d'« isolé ». L'abbé Pirard, directeur du séminaire, lui expliquera bientôt : « Je vois en toi quelque chose qui offense le vulgaire », tout en l'avertissant qu'il lui faudra toujours subir la dure « nécessité d'être haï » (I, 29). Cette haine inévitable sera comme une fatalité pesant sur le héros stendhalien. Julien comprend que « *différence engendre haine* » (I, 27). Mais la formule peut facilement être inversée. L'hostilité produit la différence. Et cette différence porte à la découverte et à l'affirmation d'un moi indépendant.

Il n'est pas surprenant que les situations conflictuelles fassent ressortir les meilleures qualités. L'abbé Pirard, janséniste sévère, atteint à une sorte de grandeur dans l'isolement et la persécution. En butte aux intrigues des jésuites, il devient un modèle de force d'âme. En marge du passage évoquant le courage de l'abbé dans sa lutte solitaire contre Marie Alacoque, les jésuites et son évêque, Stendhal ne put s'empêcher d'inscrire sur son exemplaire du roman un de ses nombreux « *very well* » approbateurs. C'est d'ailleurs Pirard qui énonce de la façon la plus nette la loi stendhalienne de l'obstacle salutaire : « Un homme a-t-il du mérite à vos yeux ? mettez obstacle à tout ce qu'il désire, à tout ce qu'il entreprend. Si le mérite est réel, il saura bien renverser ou tourner les obstacles » (I, 29).

Les thèmes politiques confirment ce principe de lutte et de rebond libérateur dû à la nécessité de renverser ou de contourner l'obstacle. On se rappelle la célèbre boutade de Stendhal selon qui la politique dans un roman était comme un coup de pistolet au milieu d'un concert. Il faut convenir que, si c'était vrai, la musique de son roman serait constamment menacée ou interrompue : par les détails sur les rapports entre classes sociales, les discussions politiques, les observations sur l'aristocratie parisienne, les échos des événements du jour. Mais les coups de pistolet n'interrompent rien. Ils ont au contraire un effet stimulant, s'avérant essentiels à l'essor de l'imagination aussi bien qu'aux rêveries poétiques. On pourrait même parler d'une poésie de la politique. La tyrannie des forces sociales n'arrive pas à subjuguer le héros stendhalien. *Le Rouge et le Noir* se termine par un affrontement direct, lors de son procès, entre Julien (« je n'ai point l'honneur d'appartenir à votre classe... » – II, 41) et les jurés qui le condamnent et réclament sa mort. Mais ce procès offre aussi à Julien une occasion unique de s'affirmer théâtralement dans son rôle d'opposant. Par son discours adressé à ses « ennemis » les jurés, Julien affiche son indépendance d'esprit en provoquant le verdict de culpabilité et en le convertissant en suicide librement choisi.

Le camouflage de la liberté reste cependant une ressource plus subtile pour affirmer l'indépendance d'esprit face aux forces répressives. Pour se défendre contre la tyrannie particulièrement néfaste, parce que anonyme, de la société moderne, la révolte ouverte se montre inefficace. Le premier devoir du révolté est de survivre, ou du moins de faire survivre l'esprit de révolte. Stendhal semble avoir diagnostiqué prophétiquement le mal du despotisme totalitaire et les dilemmes de l'esprit opprimé qui prétend acquiescer afin de pouvoir continuer à penser différemment. Les intellectuels, un siècle après Stendhal, apprendront qu'il n'est pas toujours aisé de sauvegarder des convictions privées et des opinions considérées comme hérétiques sous un régime oppressif. La dissimulation n'est peut être pas l'arme la plus noble, mais l'art de dissimuler peut être mis au service de la résistance et de la liberté secrète.

C'est dans ce sens qu'il convient d'aborder la question complexe de l'hypocrisie dans *Le Rouge et le Noir*. Le terme et le concept sont présents dès les premiers chapitres (la visite de Julien à l'église est « utile à son hypocrisie » – I, 5) ; ils accompagnent Julien à Paris (« le centre de l'intrigue et de l'hypocrisie » – II, 1) ; ils continuent à résonner dans sa prison durant sa méditation sur la mort (« Parlant seul avec moi-même, à deux pas de la mort, je suis encore hypocrite... Ô dix-neuvième siècle ! » – II, 44). Mais paradoxalement, la notion d'hypocrisie acquiert aussi une valeur positive. Lorsque Julien pense au bonheur de partir à Paris, ce « théâtre des grandes choses », il se figure très précisément un monde merveilleux « peuplé de gens d'esprit fort intrigants, fort hypocrites... » (I, 30). Toutefois l'image qu'il se façonne est loin d'être dépréciative : l'adresse machiavélique lui apparaît comme un signe d'énergie virile. De son côté, Mme de Rênal admire chez Julien son talent pour la dissimulation. Quant à Mathilde de La Mole, il ne serait pas exagéré de dire qu'elle voit ce même art de la dissimulation comme la preuve de sa supériorité. Témoin d'une conversation au cours de laquelle Julien ne prononce pas un mot qui ne soit un mensonge ou un déguisement total de ce qu'il pense vraiment, Mathilde est plus que jamais captivée par sa personne. « Ce machiavélisme la frappait. Quelle profondeur ! se disait-elle... » (II, 28).

Le mythe de Tartufe apparaît d'un bout à l'autre du roman. « À l'église je ne vois que Dieu », explique Julien à son père « avec un petit air hypocrite » (I, 5). À M. de Rênal qui pour se faire valoir lui rappelle un vers d'Horace, Julien réplique que le saint ministère auquel il se destine lui défend « de lire un poète aussi profane » (I, 6). Ne sachant quel parti prendre lorsque Mathilde de La Mole le somme de monter à sa chambre, il se récite des paroles de « son maître Tartufe » en se disant que « Tartufe aussi fut perdu par une femme » (II, 13). Et quand le père de Mathilde apprend qu'elle est enceinte et qu'il accable Julien d'injures, celui-ci répond en reprenant une moitié de vers fourni par le personnage de Tartufe : « *Je ne suis pas un ange* » (II, 33).

L'intérêt du mythe de Tartufe ne se limite pas au thème de

l'hypocrisie : dans le contexte historique et politique, il s'agit d'un mythe perverti. Sous la Restauration, la pièce de Molière avait acquis pour les libéraux une valeur de propagande. Les nombreuses éditions de cette pièce durant ces années, aussi bien que la nature de ces éditions, témoignent que, de façon oblique et subversive, elle servait d'arme contre la Congrégation réactionnaire[7]. Il est en fait pour le moins curieux que les observations de Stendhal concernant les séminaristes à qui on apprend à « faire des armes » soient parues dans son compte rendu d'un ouvrage de Mortonval intitulé *Le Tartufe moderne*[8]. De toute évidence, l'image de Tartufe représente pour Stendhal un symbole ambivalent.

Les thèmes de l'hypocrisie – il faut en effet penser au pluriel – embrassent à la fois une réalité détestable et les moyens ignominieux pour lutter contre l'ignominie. Le monde tel qu'il est – à Verrières comme à Paris – se distingue par le déshonneur portant le masque de la vertu. L'imposture corrompt jusqu'aux esprits naturellement portés à la probité. La seule façon de résister victorieusement est de se servir de la vile hypocrisie de l'ennemi, mais de s'en servir mieux et pour une bonne cause. L'hypocrite factice, le faux hypocrite, possède un double avantage : celui de ne pas être réellement hypocrite, et celui de déjouer les forces malfaisantes qui menacent sa spontanéité larvée. En dernière analyse, le « rôle » de l'hypocrite peut même servir des valeurs morales et soutenir la dignité de l'individu. Car il importe surtout de préserver les qualités uniques de l'être d'exception qui l'opposent au conformisme dégradant. La liberté d'esprit s'abrite derrière le masque.

La découverte de la liberté

Faut-il s'étonner si la prison assume une valeur protectrice et libératrice ? Durant toute sa vie, Stendhal fut hanté par des images de forteresses et de cellules carcérales. Le Castel Sant'Angelo et le Spielberg en Moravie projettent leurs ombres menaçantes à travers certaines de ses grandes pages. Ceci pour des raisons politiques : la Révolution, l'Empire, la Restauration avaient imposé différentes formes d'emprisonnements arbitraires. En un sens, la prison d'État s'était imposée comme le symbole du pouvoir politique moderne. Aussi l'enfermement punitif et répressif représente-t-il aux yeux de Stendhal un avilissement. Et cependant la prison prend aussi dans ses romans une valeur positive. La prison dégradante se transforme en prison heureuse. Comme Fabrice del Dongo dans *La Chartreuse de Parme*, Julien éprouve entre les quatre murs de sa cellule une plénitude de l'être qui fait qu'il ne songe même pas à s'évader. Le bonheur de la solitude et de la méditation est tel qu'il craint par-dessus tout les visites importunes. « Le pire des malheurs en prison, pensa-t-il, c'est de ne pouvoir fermer sa porte » (II, 44). Et rien ne saurait exprimer mieux l'orgueil de la claustration que la menace adressée à la femme qui parle d'entreprendre des démarches insensées pour le sauver : « Je cesse de te voir, je te fais fermer ma prison... » (II, 45).

Au-delà du bonheur de la solitude, Julien atteint en prison à une élévation spirituelle que rehausse la poésie du silence. Dans sa cellule au sommet du donjon gothique, il jouit à travers un étroit intervalle entre deux murs d'une « échappée de vue superbe » (II, 36). Ce rapport entre resserrement et distance est renforcé par le calme nocturne que trouble seulement le cri de l'orfraie. L'étrange joie qu'il ressent dans sa prison n'est pas uniquement celle d'un détachement et d'une libération, mais d'une quiétude qui lui fait connaître pour la première fois, et si près de la mort, « l'art de jouir de la vie » (II, 40). C'est avec sérénité qu'il fume ses cigares. « Son âme était calme » (II, 36). Et cette sérénité s'accompagne d'une lucidité intense. « Julien se sentait fort et résolu comme l'homme qui voit clair dans son âme » (II, 44).

L'image de la cellule comme lieu privilégié d'une vision claire se prête, semble-t-il, à la méditation sur la mort. De Pascal à Sartre et Camus, en passant par Stendhal, la littérature française est riche en rêveries carcérales sur la mortalité. Julien conclut que son destin de prisonnier est de « mourir en rêvant » (II, 40). La pensée de la mort est cependant encore une occasion de se mesurer. Dès son entrée en prison, il décide que cette pensée sera son « thermomètre » (« Ce soir je suis à dix degrés au-dessous du courage qui me conduit de niveau à la guillotine » – II, 37). La haute tension de ce tête-à-tête avec le grand *rien* imminent élève à un niveau spéculatif et tragique l'habitude du héros stendhalien de prendre sa température morale. L'âme de Julien se trouve à la fin du roman exilée au « pays des idées » (II, 40).

Julien connaît ses heures les plus exaltantes après avoir été transféré du donjon au cachot humide et froid destiné aux condamnés à mort. C'est là qu'il vit ses moments de bonheur les plus intenses, lors des visites de Mme de Rênal. L'incarcération devient le symbole du monde intime de la rêverie et d'un amour à la fois pur et sans avenir. Stendhal cultivera dans un autre grand roman cette image de la prison comme lieu du plus étroit rapprochement et de l'inévitable séparation. Faut-il conclure que son imagination s'attache à la poésie de l'irréalisable ? Ce qui paraît sûr, c'est que les obstacles à la réalisation représentent à ses yeux une sorte de délivrance. Le héros stendhalien sait d'instinct que le réel est érosif.

La libération par l'enfermement est multiple. Fatigué de poses héroïques, délivré de son ambition, Julien peut enfin se vouer au *présent.* « L'ambition était morte dans son cœur » (II, 39). Il peut maintenant revivre pleinement le passé, se livrer au souvenir des « journées heureuses » de Verrières et de Vergy, en faire un nouveau présent. Les « autres » ne comptent plus. Affranchi de leur regard envahissant, se sentant vivre dans un ordre temporel différent, finalement en pleine possession de son être, telle est la condition du héros-prisonnier stendhalien. Mais pareille possession de soi ne peut avoir lieu qu'à la fin du parcours. (Dans *La Chartreuse de Parme*, l'incarcération à la tour Farnèse et la retraite monacale seront l'aboutissement d'un trajet agité qui passe par Waterloo et les intrigues de la cour de Parme. Les épisodes d'« action » ne constituent qu'une préparation.) Julien se dit que toute sa vie, si brève pourtant, « n'avait été qu'une longue préparation au malheur » (II, 36). Le « malheur » est en fait transmué en expérience heureuse. « Je n'ai plus rien à faire sur la terre », se dit-il dans ce même chapitre qui décrit son entrée en prison. Mots qui n'indiquent dans le contexte ni abattement ni résignation, mais une nouvelle sérénité. Ils ont à peine été formulés que Julien s'endort profondément.

La mort soustrait Julien au temps qui défait. Le spectacle navrant de l'abbé Chélan, sur qui « la main du temps s'était appesantie », le remplit d'une tristesse inconsolable et le confirme dans sa disposition à mourir. Son discours aux jurés est un acte de défi, et même un acte politique, mais c'est aussi – le texte l'indique suffisamment – une forme de suicide. M. de Frilair, le très habile chef de la Congrégation de Besançon, déclare que si le recours en grâce reste sans succès, la mort de Julien sera « une sorte de *suicide* » (II, 44). Dans le même esprit, le confesseur janséniste de Julien l'informe que s'il ne fait toutes les démarches possibles pour obtenir sa grâce, il risque de tomber « dans l'affreux péché du suicide » (II, 45). Le motif du suicide revient dans divers ouvrages de Stendhal. Octave prend du poison, Mina de Vanghel se tire un coup de pistolet dans le cœur, l'abbesse de Castro se poignarde. Et il est permis de penser que l'amaigrissement extrême et la mort de Fabrice à la fin de *La Chartreuse de Parme* sont causés par un effort délibéré pour se dégager de son enveloppe charnelle.

Dans l'esprit de Stendhal, les thèmes de libération sont associés à la découverte de soi-même. L'auteur prétend ne pas connaître vraiment ses personnages. Ils restent pour ainsi dire libres de le surprendre. Les intrusions de l'auteur dans son texte, ainsi que ses digressions, semblent confirmer que les personnages ne se connaissent pas non plus – du moins au commencement. Car les héros de Stendhal ne sont pas prédéterminés. Ils se créent et se révèlent dans l'acte de vivre. Eux-mêmes en sont surpris.

Les rapports amoureux de Julien avec Mme de Rênal illustrent parfaitement ce processus de découverte indépendante L'auteur nous informe que les romans à la mode à Paris leur auraient dès le début tracé « le rôle à jouer » (I, 7). Mais ils sont l'un et l'autre privés de modèles livresques de ce genre. Dans ce sens, ils se trouvent aux antipodes des protagonistes de Flaubert, qui ont trop entendu, trop lu, trop retenu, et qui, nécessairement, éprouvent d'abord le désir par voie indirecte. L'innocence des personnages de Stendhal est certes relative, mais elle est suffisante. Du point de vue thématique, il importe en effet qu'ils soient aveugles à leur propre authenticité.

Il est instructif à cet égard de comparer les deux départs de Verrières avec l'ultime réunion de Julien et de Mme Rênal en prison. La courbe passe du doute et du soupçon, à l'épanchement du naturel, et enfin à la plénitude de bonheur. Durant la première scène d'adieu à Verrières, lorsque Julien se sépare de la femme qui l'aime pour entrer au séminaire de Besançon, il se méprend totalement sur la signification de son silence et de ce qu'il prend pour de la froideur. Elle lui apparaît comme « un cadavre à peine animé ». Ne songeant qu'à lui-même et à son amour-propre blessé, il demeure insensible aux larmes et aux serrements de mains convulsifs de la femme qui souffre. Ce n'est que rétrospectivement, et typiquement trop tard, qu'il se sent ému par les « embrassements sans chaleur de ce cadavre vivant » (I, 23).

Le deuxième départ, à la fin de la première partie du roman, se situe dans un climat de passion et d'enjouement. Tout ce chapitre frôle la comédie dans un sens presque théâtral (y compris un rappel du saut de Chérubin par la fenêtre dans *Le Mariage de Figaro*), et toutefois ces pages atteignent aussi à une nouvelle profondeur poétique et psychologique. Les sautes d'humeur de Mme de Rênal, les richesses de son tempérament, sa « gaîté soudaine », son impétuosité, sont pour Julien une véritable révélation. « Femme vraiment supérieure ! » se dit Julien. Mais la révélation implique bien plus que le ravissement d'un amant comblé. Julien ne pouvait pas avoir oublié une révélation d'un caractère plus sombre. Durant la maladie du jeune fils de Mme de Rênal, il put mesurer le sacrifice moral et religieux qu'elle faisait en l'aimant (I, 19). Dans la scène qui précède son départ pour Paris, il entrevoit quelque chose de plus précieux qu'une telle victoire sur la morale et la religion. « Prisonnier » de Mme de Rênal, caché par elle dans une chambre fermée à clef, il commence à comprendre la beauté des actes impulsifs et du *naturel* (I, 30).

C'est dans une vraie prison, et à proximité de la mort, qu'a lieu sa propre descente dans le moi authentique. C'est là que Julien découvre la poésie du moment privilégié, « l'art de jouir de la vie » (II, 40). L'expérience de cette joie pure lui rappelle sans doute ses lectures de Rousseau, et il n'est pas surprenant que la formulation la plus claire du moment privilégié dans la *Vie de Henry Brulard* (« Pour un tel moment il vaut la peine d'avoir vécu ») se situe lors de la plus intense évocation de *La Nouvelle Héloïse*[9]. Mais ce n'est le moment ni d'un passé irrécupérable, ni d'un présent transitoire. Julien ne se rend jamais coupable du désir d'immobiliser l'expérience. C'est par un télescopage temporel que le héros stendhalien manifeste sa fidélité au bonheur. Le passé finit par s'insérer dans le présent.

Mais bientôt la mort empêchera que les délices de la rétrospection ne dégénèrent en fade satisfaction. Les fins abruptes des deux grands romans de Stendhal ont une justification poétique.

La grande découverte de Julien est celle de son identité, que seuls l'acte de vivre et l'expérience d'avoir vécu peuvent faire surgir. Les thèmes jumeaux du père rejeté et de la recherche d'un père sont au cœur du *Rouge et le Noir*. Le mythe d'une origine prestigieuse, qui valorise Julien à ses propres yeux ainsi qu'aux yeux de qui l'admire ou l'envie, se rattache au thème de la liberté. Mathilde pense qu'il a la tournure d'un « prince déguisé ». Ailleurs, elle imagine qu'il est le « fils naturel » de quelque gentilhomme campagnard (II, 9, 12). Pareilles notions ne sont pas le simple produit d'une imagination enflammée. Julien lui-même joue avec des notions semblables, ce que font aussi d'autres personnages dans le roman. Si Julien considère l'abbé Pirard comme un nouveau père (« j'ai retrouvé un père en vous »), celui-ci, de son côté, soupçonne que les faveurs que le marquis de La Mole accorde à Julien s'expliquent par quelque paternité aristocratique secrète (II, 1). Le marquis lui-même, quand il reçoit les visites de Julien durant son attaque de goutte, le convie à porter l'habit bleu dont il lui a fait cadeau, et à devenir ainsi à ses yeux « le frère cadet du comte de Chaulnes, c'est-à-dire le fils de mon ami le vieux duc » (II, 7). Cette comédie n'est pas pur jeu. Le désir du marquis d'*anoblir* Julien (c'est le verbe dont il se sert) correspond au rêve du héros de s'anoblir par son propre mérite. Lorsque ce rêve semble s'être réalisé, et que Julien obtient un brevet de lieutenant de hussards avec le beau nom de M. le chevalier Julien Sorel de La Vernaye, il se croit en droit de dire : « ... mon roman est fini, et à moi seul tout le mérite » (II, 34).

Le roman n'est en fait pas fini. Il y aura une autre fin, la vraie fin tragique. Mais la révélation fondamentale, celle qui l'occupera dans sa cellule et jusqu'à l'échafaud, est préfigurée par la première « fin », et par tout ce qui précède. L'identité et l'indépendance qui s'affirment dans toute leur force en prison viennent en réponse à la vieille inquiétude du fils haï de son père. « Et moi aussi, je suis une sorte d'enfant trouvé... » (I, 7). Mais dans ces premières pages du roman, il ne sait pas encore que la possession de soi-même et la liberté ne sont possibles qu'à ce prix.

CHAPITRE 5

LUCIEN LEUWEN : LE HÉROS EN QUÊTE D'UN CARACTÈRE

Lyrisme et indignation

Ce long roman fut sans doute le projet le plus ambitieux de Stendhal. Dans *Le Rouge et le Noir*, la politique et l'histoire contemporaine constituaient la toile de fond sur laquelle s'inscrivait la destinée du héros. Quelques années plus tard, dans *La Chartreuse de Parme*, Stendhal allait réaliser une étonnante synthèse stylisée de plusieurs époques. Dans *Lucien Leuwen*, il avait entrepris un panorama systématique de la France dans les années 1830 : le climat moral sous la monarchie constitutionnelle de Louis-Philippe, le nouveau rôle politique de l'armée, le pouvoir du monde des finances, les menées des ministres et des députés, les mœurs des campagnes électorales, le développement de la conscience de classe. Les amours compliquées d'un fils de banquier qui se cherche encore sont articulées sur cet arrière-plan riche en détails.

Des trois parties du roman projetées, seules les deux premières furent écrites, ou partiellement écrites. Stendhal abandonna l'idée de la troisième partie qui devait se dérouler dans les milieux diplomatiques et mondains de Rome, bien qu'il eût déjà rédigé, quelques années auparavant, une ébauche de roman (*Une position sociale*, 1832) dont le sujet, délicat à traiter pour un consul en fonction, était une liaison avec la femme d'un ambassadeur. Les besognes administratives de Stendhal à Civitavecchia n'étaient d'ailleurs pas propices à une écriture suivie. Convaincu plus que jamais que sa vraie vocation était de « *empir le carte* » (noircir du papier), selon la formule de l'Arioste qu'il cite volontiers, Stendhal n'a cependant su terminer ni *Souvenirs d'égotisme*, ni la *Vie de Henry Brulard*, ni *Lucien Leuwen* durant ses années de consulat. Le manuscrit de *Lucien Leuwen*, rempli d'hésitations, de chevauchements, de redites, d'énigmes et de trous, impose à l'éditeur la tâche presque impossible de déchiffrer, de sélectionner, d'arranger, d'unifier et d'assurer une continuité viable entre des parties à peine esquissées et des pages parfois surchargées. Pour compliquer cette tâche, les cinq volumes du manuscrit portent à l'occasion des paginations différentes.

Les défauts du manuscrit étaient apparents aux yeux de Stendhal lui-même. Tantôt insuffisamment développé, tantôt trop abondant, le roman tel qu'il nous est parvenu manque de rigueur dans la construction et de netteté dans la perspective. Les éléments satiriques prennent parfois le dessus, submergeant l'intrigue amoureuse. Des dialogues trop longs ralentissent la narration. Il y a plus grave. Nulle nécessité profonde ne semble pousser les personnages et faire avancer l'action.

Et cependant ces imperfections ne diminuent pas vraiment les qualités humaines et littéraires de cette grande ébauche de roman. « *I write upon the sensations of 1819* » – nous avons déjà eu l'occasion de citer cette note en marge du manuscrit de *Lucien Leuwen*. Ces « sensations », vieilles de plus de quinze ans, étaient restées fraîches comme d'hier. Leur souvenir ranimait douloureusement les circonstances de son grand amour pour Métilde Dembowski. Non pas que Stendhal eût entrepris délibérément d'écrire son roman pour faire revivre sous le ciel de Civitavecchia un épisode déjà lointain de sa vie à Milan. C'est plutôt l'acte même d'écrire qui faisait resurgir des moments précis et des émotions restées vives. La mémoire involontaire collaborait à l'œuvre. Stendhal lui-même ne cesse d'être surpris par ces échos du passé. D'où certaines exclamations marginales dans le texte : « Ah, Dominique *himself* ! » (Dominique est un de ses pseudonymes de prédilection.) Ou encore, cette autre note exclamative déjà commentée : « Et seize ans *after I write upon* ![1]. » Toute la première partie du roman marque ainsi une heureuse rencontre entre l'impulsion créatrice et des états affectifs que la moindre provocation fait remonter à la surface. Mais rien n'indique que la provocation soit voulue ou recherchée. La faiblesse ainsi que la force du roman proviennent de ce que l'auteur, démuni d'une intrigue préétablie, ne semble pas vraiment savoir où le mène son écriture.

Les tout débuts de l'amour et les complications qui s'ensuivent sont analysés avec acuité. Dans aucun autre texte, Stendhal n'a insisté davantage sur la pudeur d'un personnage féminin, sur l'attrait poétique de sa claustration morale. Nulle part ailleurs, le désir d'une compensation rétrospective ne se manifeste avec plus de clarté. Les réticences de Mme de Chasteller et les maladresses de Lucien donnent lieu à des hypothèses sur *ce qui aurait pu être*. Ces fictions à l'intérieur de la fiction, provoquées par les malentendus et les doutes des protagonistes, établissent un climat émouvant d'incommunicabilité. *Lucien Leuwen* est sans doute l'histoire d'amour la plus pénétrante que Stendhal ait écrite. C'est aussi sa plus véhémente affirmation d'anti-donjuanisme. Aux moments critiques, Lucien se sent paralysé. Plus il admire Mme de Chasteller, et moins il se montre capable d'agir et de séduire. Ses « raisonnements admiratifs » vont de pair avec son comportement peu habile. Mais sa maladresse fait aussi son charme, et le distingue dans l'esprit de la femme aimée. L'auteur observe, non sans quelque cruauté, que Lucien ne s'exagère nullement sa sottise, tout en expliquant que la seule personne aux yeux de laquelle il ne veut pas paraître sot l'estime précisément pour sa gaucherie (20) *.

Ce succès occulté, justifiant rétrospectivement ses propres déceptions amoureuses, n'est ainsi visible qu'à l'auteur omniscient qui ne cesse du reste d'exalter la naïveté et le manque de savoir-faire de son héros. Aucune démarche heureuse de Lucien n'est attribuée à son talent : son inexpérience est preuve d'authenticité. S'il lui arrive d'être adroit, c'est par « hasard tout pur » (28). Lucien se montre en fait incapable de porter un jugement lucide sur sa propre situation. C'est ainsi que lui échappe à quel point le comportement de Mme de Chasteller à son égard a changé (14). Après le bal, il

* Les chiffres entre parenthèses renvoient aux chapitres de *Lucien Leuwen*, texte établi, présenté et annoté par Michel Crouzet, Le Livre de Poche, Classique, 2007.

est incapable de constater ce qui a tourné à son avantage (19). Assis sous la fenêtre de Mme de Chasteller, il ne se doute pas qu'à cet instant même elle l'aime à la folie. Et bien entendu, il ne peut pas savoir – mais l'auteur, lui, le sait parfaitement – qu'elle passe des heures entières près de la persienne à épier le moment de sa venue (22). La liste est longue. Il ne se doute aucunement de l'effet de ses propres lettres, ne se doute pas qu'elle se laisserait volontiers embrasser, se méprend entièrement sur le sens de sa colère. À nul moment, il ne saurait imaginer combien il lui serait facile de faire admettre à Mme de Chasteller qu'elle a de l'amour pour lui. La surprenante facilité avec laquelle il se laisse duper par le docteur Du Poirier, qui réussit à lui faire croire que la femme qu'il aime vient de mettre au jour un enfant illégitime, ne fait que confirmer l'aveuglement du héros.

Ce manque de clairvoyance, un des thèmes majeurs du roman, s'apparente à un lyrisme en sourdine. Sous l'effet de la musique de Mozart dans un café champêtre, Lucien et Mme de Chasteller vivent un de ces rares moments de bonheur stendhalien, quand tout contribue à une harmonie fugace (23). La musique douce et langoureuse au café du Chasseur Vert semble faire écho à la demi-obscurité des grands bois. Stendhal ajoute par une périphrase qu'une pareille soirée enchanteresse compte parmi les plus redoutables ennemis de « l'impassibilité du cœur ». L'intensité du moment est ironiquement attribuée à la musique et aux beaux arbres, alors qu'elle provient de la sensibilité des protagonistes et de leurs désirs amoureux. Il en résulte un plaisir tout immatériel. « C'est pour ces rares moments qu'il vaut la peine de vivre » – la phrase est presque identique à celle qui, dans la *Vie de Henry Brulard*, évoque une heure d'extase rousseauiste. Or la fragilité du ravissement est étroitement liée au manque de lucidité. Une autre soirée au *café-haus*, elle aussi caractérisée par une sensation de profondeur et d'obscurité, se termine en point d'orgue. « Les cors bohèmes étaient délicieux à entendre dans le lointain. Il s'établit un profond silence » (26).

Le lyrisme le plus souvent latent de *Lucien Leuwen* fait contraste avec le contrepoint de satire et d'indignation. L'arrivée de Lucien dans son régiment à Nancy devient le prétexte à de mordantes observations concernant les conflits sociaux et la turpitude qui règne. Les antagonismes entre les factions, les classes sociales et les intérêts politiques ont leur côté comique, mais ils confirment surtout l'ambiance de soupçon et de haine. La dégradation des valeurs est illustrée par l'avilissement de l'armée jadis glorieuse, mais qui maintenant sert de force de police intérieure. Le lieutenant-colonel Filloteau, héros d'Austerlitz et de Marengo, parle à présent de « réprimer les factieux » (2). Le mal n'est pas nouveau ; la corruption et la déchéance n'ont fait que s'aggraver. « Heureux les héros morts avant 1804 ! » conclut Stendhal (3).

L'armée, déjà discréditée du temps où Julien Sorel rêvait de hauts faits, est maintenant un foyer d'espions et d'agents secrets. La délation est devenue épidémique. Les officiers reçoivent l'ordre de ne pas lire de journaux dans les lieux publics. Mais ce qui déprime Lucien plus encore que l'omniprésence des informateurs, c'est le rôle humiliant de l'armée réduite à servir d'instrument contre-révolutionnaire et antiprolétaire. Il est déjà suffisamment scandaleux qu'un colonel recommande à un lieutenant d'accrocher un portrait équestre de Louis-Philippe au-dessus de sa commode. Mais ce qui rend le service militaire affligeant, c'est que ce service est devenu une servitude au profit d'une tyrannie mesquine. Le docteur Du Poirier explique cyniquement que l'époque des vraies guerres est finie, que dorénavant ce ne sera que la « guerre de tronçons de chou » contre les ouvriers affamés, suffisamment effrontés pour protester contre la misère (8). La rue Transnonain, où une révolte populaire avait été brutalement réprimée en 1834, a remplacé le champ de bataille de Marengo.

Le régiment de Lucien est de fait envoyé à Nancy pour affronter des ouvriers « séditieux » qui se sont fédérés. Belle occasion de bravoure, et qui peut même mener à une décoration ! La honte qu'éprouve Lucien (il l'appelle son « remords ») n'a d'égal que sa pitié pour la misère du peuple et pour les conditions sordides dans lesquelles vivent les familles des ouvriers que son unité a pour mission de réprimer. La « campagne » se termine pour Lucien sur une note profondément amère, alors que les journaux proclament la gloire du régiment et l'« insigne lâcheté » des ouvriers (27).

Une question typiquement stendhalienne se fait jour. Comment garder une conscience morale dans la société d'aujourd'hui ? Comment préserver sa dignité et affirmer son courage dans un monde devenu veule ? Lucien se pose la question de façon concrète à l'occasion d'une campagne électorale, lorsqu'il se voit chargé d'une mission officielle qui lui paraît douteuse. Il fait de son mieux pour justifier son activité. « Si j'ai du courage, qu'importe la forme du danger ? » (43). Mais il a beau comparer la campagne électorale à un champ de bataille (51), il n'arrive pas à donner un sens à son engagement dans l'action. Il se sent pris entre l'utopisme inefficace des républicains et la nostalgie à courte vue des nobles regrettant un monde qui n'existe plus. Le dilemme de Lucien correspond d'assez près à l'insatisfaction de Stendhal lui-même devant un choix de valeurs également inadéquates. Le problème est posé en des termes historiques. « Mon sort est-il donc de passer ma vie entre des légitimistes fort égoïstes et polis, adorant le passé, et des républicains, fous généreux et ennuyeux, adorant l'avenir ? » (11). Le père de Lucien opte pour le monde de l'Ancien Régime. Mais c'est là justement une des différences de fond entre le père et le fils. Lucien n'accepte pas l'idée d'un tel choix. Ni la nostalgie des privilèges, ni le rêve utopique ne saurait le satisfaire. La conscience aiguë qu'il a de son époque ne lui permet pas d'échapper au moment historique. Il se sent lié au *hic et nunc* de l'histoire contemporaine, tout en s'efforçant de ne pas en devenir le prisonnier, et de rester moralement libre. Nulle œuvre de Stendhal ne pose le problème de la liberté morale en termes plus concrets.

« Le roman doit raconter... »

Le manuscrit de *Lucien Leuwen* nous renseigne sur les réactions de Stendhal à son propre récit, ses intentions, ses idées littéraires, ses habitudes d'écrivain. Il est riche aussi en autocritique. Les volumes du manuscrit, remplis de notes marginales et interlinéaires, agrémentés de dessins amusants, jettent une lumière précieuse sur la composition du roman, ainsi que sur la vie intellectuelle d'Henri Beyle durant ces années consulaires. Les corrections apportées par Stendhal éclairent le processus créateur. Grâce aux travaux de Henry

Debraye, Henri Rambaud et Henri Martineau, un bon nombre de ces commentaires sont maintenant à la disposition du lecteur de Stendhal[2].

Ces *marginalia* donnent leur vrai sens à l'« improvisation » stendhalienne. Bien que *Lucien Leuwen* semble avoir comme point de départ un roman en manuscrit d'une amie, Mme Jules Gaulthier, qui lui avait demandé de le lire et de donner son avis, Stendhal travaillait en réalité sans plan préconçu. Il savait plus ou moins quelles seraient les grandes divisions du roman, sans voir toutefois le rapport causal qui lierait ces parties et ferait avancer l'action. Il était du reste évident, depuis *Armance*, que Stendhal n'excellait pas à bâtir des intrigues. Il y a sans doute quelque vantardise, mais aussi beaucoup de vérité, dans la déclaration faite à Balzac que rédiger un plan le paralysait (« en écrivant des plans je me glace »). Une note marginale dans le manuscrit de *Lucien Leuwen* est presque mot à mot la même phrase que celle de la lettre à Balzac : « Faire le plan d'avance me glace... »[3].

Le fait est que Stendhal se sent indécis lorsqu'il n'a pas à sa disposition un canevas préexistant. Dans le cas de *Lucien Leuwen*, il essaie de justifier sa désorientation. « On ne va jamais si loin que quand on ne sait où l'on va. » Mais il n'arrive pas à se dissimuler son inquiétude. À plusieurs reprises, il mesure son entreprise contre le « plan de *Tom Jones* ». Et le mot « plan » ne cesse de revenir dans ses notes. « Ce plan a le défaut d'être toujours un duo »... À regarder de près ce plan qui demeure très vague, on est obligé de constater que l'auteur a de bonnes raisons d'être inquiet. « Là, je ne sais comment, il rencontre Mme Cerisy [Mme de Chasteller]... » Ou encore : « Cela, ou ce que je trouverai à la fin. » Stendhal est forcé de s'avouer qu'il travaille le mieux avec un conte tout fait[4].

Lucien Leuwen met en relief le jeu entre structures préalables et développement libre dans les romans de Stendhal. Mais cette liberté d'invention est hasardeuse et même illusoire. Ces développements ne paraissent libres que dans la mesure où ils n'obéissent pas à un plan préétabli par l'auteur. Un écart existe entre les pivots ou pilotis de l'œuvre et la substance qui les relie. Jean Prévost comparait la méthode de Stendhal à celle du poète joignant des « fragments parfaits » qui existaient avant que l'ensemble ne fût composé et qui, mieux qu'un plan, avivent l'imagination[5]. C'est ainsi que, pareille au signal d'un phare lointain, une ébauche des derniers paragraphes du roman détermine de façon à peine perceptible comment se déroulera l'action.

L'exploitation du « fragment parfait » donnera parmi les pages les plus heureuses de *La Chartreuse de Parme*. L'arrivée de la jeune armée de Bonaparte à Milan et la bataille de Waterloo avaient depuis longtemps été « répétées » dans d'autres textes, ainsi que dans des conversations, avant de prendre place dans le roman. C'est grâce à des fragments semblables que *La Chartreuse* pourra passer avec une rapidité étonnante de l'action à la rêverie. Dans *Lucien Leuwen*, la réussite n'est pas du même ordre ; mais les tensions entre l'intrigue de base et les improvisations en disent long sur la liberté stendhalienne de se réinventer. Car l'improvisation est mise au service de la redécouverte du moi. Stendhal prétend refuser à la mémoire toute vertu inventive (« L'appel à la mémoire me glace... ») ; il préfère rester disponible et attendre les idées « en bon traître »[6]. Dans ses notes marginales, il observe plus d'une fois qu'il écrit dans un état de sécheresse. Mais ce qu'il ne se dit pas, c'est que la sécheresse disparaît lorsque les accidents du parcours narratif produisent une fusion entre l'invention romanesque et le réflexe autobiographique. À propos de *Lucien Leuwen*, Stendhal aurait pu dire comme il le fait dans une phrase déjà citée de la *Vie de Henry Brulard* : « Je fais de grandes découvertes sur mon compte en écrivant. »

Priorité de l'écriture par rapport au plan d'ensemble. « Je fais le plan après avoir fait l'histoire[7]. » Pour preuve que ce sont des réactions spontanées qui ressuscitent le passé, il suffit de lire les nombreuses observations signalant un modèle *a posteriori*, comme si le souvenir du modèle n'émergeait de l'ombre qu'après rédaction accomplie. Derrière les actes et les attitudes de Mme de Chasteller, Stendhal retrouve la présence fantomatique de Métilde Dembowski. Il est le premier à s'étonner des échos et des similitudes qui, sans intention délibérée, le reportent à l'époque milanaise. « *As at Belgioioso's place* », confie-t-il aux marges de son manuscrit, à côté du passage qui décrit l'angoisse de Lucien en s'approchant de la maison de Mme de Chasteller. Mais ces réactions, toutes spontanées qu'elles soient, portent aussi un jugement sur son comportement passé. C'est ainsi qu'en marge du passage où Mme de Chasteller (son prénom est Bathilde) semble d'humeur à écouter des confidences, Stendhal écrit : « *With* Métilde, Dominique a trop parlé. » Création littéraire et autocritique s'associent dans les doutes que provoque la résurgence des chagrins personnels. « *For me* – Tu n'es qu'un *naturaliste* : tu ne choisis pas les modèles, mais prends pour *love* toujours Métilde et Dominique »[8].

L'habitude de se scruter dans l'acte même d'écrire se complique du fait que l'image à la fois souhaitée et troublante du lecteur ne cesse de préoccuper Stendhal. « En relisant, se faire toujours la double question : de quel œil le héros voit-il ceci ? De quel œil le lecteur ? » Ailleurs, il se demande s'il a suffisamment pensé à la réaction du lecteur. « Quel effet cela fait-il ? » Les questions critiques et autocritiques restent inséparables. Il se dit même que pour nulle œuvre il n'a éprouvé autant de modestie que pour celle-ci[9]. Les *marginalia* du manuscrit de *Lucien Leuwen* dressent un véritable inventaire des hésitations et des jugements du romancier.

Ces doutes et ces scrupules n'aboutissent pas, il est vrai, à une méditation systématique sur l'art du roman. Stendhal n'anticipe à aucun moment la conviction de Flaubert qu'il existe des lois rigoureuses de prosodie et de structure littéraire applicables au genre du roman. Dans une lettre écrite à Balzac pour le remercier de son article élogieux sur *La Chartreuse de Parme*, Stendhal allait déclarer avec quelque fanfaronnade son peu d'intérêt pour l'esthétique du roman. « Je n'avais jamais songé à l'*art* de faire un roman[10]. » Ce qui n'est quand même pas tout à fait le cas. L'affirmation un peu vantarde de la lettre à Balzac est démentie par les commentaires marginaux de *Lucien Leuwen*.

Ce qui est sûr, c'est qu'en écrivant son roman Stendhal se lit et se relit d'un œil critique. Il le compare non seulement à ses autres œuvres (« Pas mal. Le style n'est pas trop lourd, il est moins heurté que *Le Rouge* »), mais au très admiré *Tom Jones* de Fielding. Sa préoccupation majeure est d'ordre linguistique. Comment le langage des classes supérieures a-t-il évolué au XIXe siècle ? Est-il bon de se servir du vocabulaire de Mme de Sévigné, Voltaire et Pascal ? À des centaines de lieues de Paris, comment être sûr que ses personnages s'expriment de façon naturelle ? N'a-t-il pas été trop longtemps absent de la France pour bien saisir les nuances des discussions d'événements politiques récents. Il en vient presque à la conclusion qu'il lui est impossible d'écrire un roman ailleurs qu'à Paris [11].

Une autre question le tracasse. Quel est le degré d'abstraction admissible dans un roman ? Il s'exhorte à ne pas prendre le ton d'un froid « philosophe » qui voit les choses et les êtres de haut. Le ton de La Bruyère (l'influence des moralistes sur le roman français avait pourtant été forte) lui paraît néfaste au genre romanesque – une sorte de « dégénération ». Selon Stendhal, « le roman doit raconter ». La dissertation et les remarques ingénieuses sont nuisibles [12]. Pour étrange que cela puisse sembler, Stendhal craignait aussi de tomber dans la satire.

« Le roman est un livre qui amuse en racontant. » La formule a pour Stendhal valeur d'avertissement. S'il se plaît à dire paradoxalement qu'un roman ne doit pas viser à séduire l'intellect (« Non, rien qui fasse penser »), c'est qu'il se méfie de la tentation satirique, et qu'il croit devoir insister sur l'*émotion*, « qui est le moyen de force du roman » [13]. Ce n'est pas pour rien qu'il mentionne les effets « à la Raphaël » et « à la Corrège » dans *La Princesse de Clèves* – effets qu'il voudrait réaliser dans son propre roman. Les allusions à ces peintres ainsi qu'à d'autres artistes moins célèbres, tel le Guercin, fonctionnent comme métaphores. C'est ainsi qu'il affirmera à Balzac que beaucoup de passages concernant la duchesse Sanseverina dans *La Chartreuse de Parme* « sont copiés du Corrège [14] ». De pareilles correspondances établies entre les arts, qui allaient bientôt inspirer un credo esthétique fort répandu, prouvent assez que Stendhal se sentait moins attaché à la tradition des moralistes qu'à une conception plus libre du roman en tant qu'expression poétique.

Identité et émancipation [15]

L'autocritique, chez Stendhal, correspond à une intense recherche du moi. Les motifs d'identité et de découverte, la nature aléatoire de leur propre développement, hantent ses personnages. Voilà pourquoi la *Vie de Henry Brulard* est si importante pour l'appréciation de ses romans. Les préoccupations de Stendhal, l'homme et le romancier, sont indissolubles de celles de ses personnages préférés. Aucun de ses romans n'illustre mieux ce parallélisme que *Lucien Leuwen*, où ce lien quasi paternel se manifeste par la présence centrale, à l'intérieur du roman, de M. Leuwen.

Stendhal insiste d'emblée sur la dépendance de Lucien par rapport à son père. M. Leuwen, en fournissant tout à son fils, y compris une identité de nom, représente un obstacle à sa liberté. Paradoxalement, cependant, c'est bien lui qui encourage son fils à affirmer son indépendance : « Soyez libre, mon fils » (37). Taquiné par lui autant que par son cousin Dévelroy, Lucien a bien l'impression vexante de ne s'être donné que la peine de naître. Ne lui fait-on pas comprendre que son père pourvoit à tout et le « fait vivre » (2) ? Père généreux, sans doute ; mais aussi père opprimant, rappel vivant de la difficulté de s'émanciper. « Que devenir ? manger le bien gagné par mon père, ne rien faire, n'être bon à rien ! » Ces interrogations et exclamations inquiètes, on les retrouve jusqu'au chapitre 48. D'un bout à l'autre du roman, tout se présente en fonction de ce *devenir* douteux.

Le devenir, dans le contexte stendhalien, assume en fait une constante priorité sur l'être. Lorsque Henri Beyle, dans ses pages autobiographiques, se demande quelle sorte de personnage il est, ce sont ses actions et ses réactions qu'il interroge. L'inconfortable liberté de Lucien prend tout d'abord la forme d'un point d'interrogation. « Grand Dieu ! Puis-je me répondre de rien sur moi-même ? » (24). Lucien se déplace de surprise en surprise : il ne sait pour ainsi dire pas ce qu'il pense ni surtout ce qu'il pourra penser par la suite. Les remarques exprimant le doute sur sa propre personne reviennent à tout instant : « Je ne suis sûr de rien sur mon compte » (2), « Que suis-je donc ? » (6), « Le sais-je moi-même, ce que je pense ? » (7). L'amour lui-même n'est qu'une expérience de l'imprévu et de l'imprévisible. « Il ne comprenait rien à tout ce qui lui arrivait, pas plus aux sentiments qu'il voyait naître dans son cœur qu'aux actions des autres avec lui. » Cette poésie de l'étonnement et de la conjecture inadéquate est soulignée par les intrusions gratuites de l'auteur concernant l'indétermination du caractère de Lucien : « ... Nous ne savons pas ce qu'il sera un jour... » (21). Et encore : « Le véritable caractère de

Lucien ne paraissait point encore » (58). Incertitude qui a ses attraits pour Lucien : il aime à se regarder vivre, même si les titillations que procure ce spectacle ne vont pas sans quelque détresse. Mme de Chasteller observe-t-elle qu'il est une personne bien étrange, Lucien doit répondre en toute honnêteté qu'il n'est même pas sûr de cela. « Il serait plus poli de vous dire oui. Mais, en vérité, je ne sais pas ce que je suis.... » (26). L'inquiétude est profonde et ne saurait être attribuée à l'égotisme d'un oisif. Elle provient de l'impossibilité de se prévoir : « ... je ne suis plus maître de moi, j'obéis à des idées qui me viennent tout à coup, et que je ne puis pas prévoir une minute à l'avance » (20). C'est dans ce contexte psychologique que l'histoire de Jérôme Ménuel, souvent qualifiée de digression picaresque, assume son véritable sens. Car Ménuel découvre à sa grande surprise qu'il est capable, parmi tant d'autres rôles, de jouer celui du lâche (8). N'est-ce pas un écho à cette « liberté » de Ménuel que nous trouvons dans les paroles de Lucien : « Demain, je puis être un assassin, un voleur, tout au monde. Je ne suis sûr de rien sur mon compte » (24) ?

Les thèmes de la liberté dans *Lucien Leuwen* ne sont pas développés de façon aussi dramatique que dans *Le Rouge et le Noir* et *La Chartreuse de Parme*, où l'image de la prison s'affirme comme métaphore clé. Ici, le motif de la prison se présente de façon moins soutenue, parfois sous forme de variations et d'analogies : le monastère de la Trappe où Lucien rêve de se réfugier loin des bassesses de la société, la claustration de la femme aimée, les cellules de la prison d'État symbolisant la tyrannie. Mais si Lucien, à l'encontre de Julien et de Fabrice, ne subit pas de captivité physique, la dialectique liberté-dépendance n'en est pas moins développée en profondeur. Au niveau le plus simple, le problème est posé en termes sociaux. Les nouvelles classes enrichies et possédantes semblent avoir conquis une indépendance jusqu'alors insoupçonnée. Le docteur Du Poirier est une caricature du *self-made man* – « J'ai gagné cette fortune, messieurs, non pas en me donnant la peine de naître... » (55). Mais M. Leuwen, le banquier homme d'esprit, est lui aussi un parvenu – bien que d'une élégance achevée – qui, grâce à l'argent, a su devenir puissant et acquérir la liberté de faire ce qui lui plaît. Si le docteur Du Poirier, arriviste grossier, manipule la noblesse de province, M. Leuwen, lui, peut se permettre d'intimider le roi. L'argent est une présence envahissante dans le roman, symbolisant un orgueil grandissant. M. de Vaize, le ministre humilié, résume la situation : « Une ordonnance du roi fait un ministre, une ordonnance ne peut faire un homme comme M. Leuwen » (41). Il est significatif que, durant l'entrevue avec le roi, M. Leuwen n'ait aucune faveur à demander.

Si l'argent fonctionne comme instrument libérateur, il entraîne toutefois une nouvelle forme d'asservissement. Le père et le fils sont en plus net désaccord sur ce point ; ce n'est pas par hasard que la mort de M. Leuwen coïncide avec sa banqueroute. Pour Lucien, la banque représente des liens pesants : « ... ma pensée devrait être constamment enchaînée... » (46) – et ceci non par simple crainte de l'emmurement dans un bureau (il y serait « cloué dans le comptoir »), mais par dégoût du vil « *métal* » (37). Ce mépris aristocratique de l'argent correspond à la notion stendhalienne selon laquelle le lucre expose à la vulgarité, annulant toute possibilité d'une authentique liberté. La nostalgie fondamentale de Lucien n'est-elle pas pour une existence *privée ?* Stendhal semble diagnostiquer ici les contradictions internes de la mentalité et de la morale bourgeoises. De tous ses livres, c'est sans aucun doute celui qui se prêterait le mieux à une critique marxiste.

De semblables tensions ou ambiguïtés se manifestent également dans le domaine de la pensée politique. Lucien commence par être expulsé de l'École polytechnique pour avoir participé à des démonstrations républicaines. Cependant ce même Lucien, si indigné par l'action militaire contre les ouvriers, tombe amoureux de la dame la plus *ultra* de la ville, se bat en duel pour prouver qu'il n'est pas républicain, et se propose pour but la conquête de la société aristocratique de Nancy. Une fois de plus, des notions incompatibles de la liberté s'affrontent. D'une part, « l'amour de la liberté » est ressenti comme une force vitale, en accord avec le souverain mépris de Lucien pour les petites manœuvres sordides d'un régime dépourvu de grandeur ; d'autre part, Lucien est le bénéficiaire de ce régime méprisé, il le sait, et s'en veut de sa complicité.

Pour éviter de prendre pleinement conscience de sa propre

mauvaise foi, Lucien fait glisser la question morale sur le plan esthétique. La liberté et la démocratie sont admirables ; mais elles aboutissent au règne de la médiocrité. Aux États-Unis d'Amérique, Lucien en est persuadé, il faut succomber à l'ennui et à l'inélégance ; il faut faire la cour à l'épicier du coin ! L'Ancien Régime était sans doute corrompu et encourageait la corruption, mais la conversation y était brillante. L'Amérique, symbole de la raison et de l'équité, est aussi le symbole de la vulgarité et du culte du dollar. « Je préférerais cent fois les mœurs élégantes d'une cour corrompue » (6), conclut Lucien. Grâce à une pirouette mentale, il établit la supériorité de l'élégance (la « civilisation ») par rapport à la liberté, parce que la liberté dans une démocratie n'est pas d'ordre spirituel ou moral, et qu'elle implique nécessairement le despotisme intolérable des nouveaux riches. S'il faut choisir entre Talleyrand et l'épicier, Lucien préfère l'urbanité aux vertus mercantiles. Cette préférence implique la critique de tout un système de valeurs. Dans une de ses nombreuses intrusions, Stendhal observe avec ironie que la Liberté a des amants indignes d'elle : magnanime, elle oublie souvent de demander aux gens : « *D'où venez-vous* ? » (55).

Stendhal n'a jamais cessé de vivre ce paradoxe politique. Il se voyait et se voulait homme de deux siècles, homme de deux cultures, homme de deux critères. La curieuse inversion des valeurs politiques et humaines dans *La Chartreuse de Parme*, où les soi-disant libéraux sont les geôliers, en est l'illustration littéraire la plus flagrante. Stendhal désirait s'émanciper par rapport à une solidarité opprimante avec sa classe sociale en cultivant dans sa vie et sa pensée un divorce fondamental entre la politique et l'esthétique. Ni aristocrate, ni prolétaire, Stendhal est le premier d'une lignée d'écrivains bourgeois attirés par les valeurs qu'ils dénoncent, en révolte contre leur héritage, conscients de la mauvaise conscience de leur classe. L'exploitation politique des symboles de la liberté leur est particulièrement odieuse. C'est ainsi que Flaubert, en décrivant le sac des Tuileries dans *L'Éducation sentimentale*, fait poser une catin en statue de la Liberté.

Les notions stendhaliennes de la liberté ne sauraient être définies en termes politiques. Il faudrait plutôt parler de dégagement autoprotecteur par rapport aux pressions hostiles.

Et les pressions de la société – pressions anonymes et omniprésentes – sont les plus difficiles à éviter. S'y soustraire est un art. Pareil affranchissement reste une entreprise individuelle : nul régime politique ne peut garantir la liberté morale. Ni aucun système éthique. La liberté se réinvente à tout moment, dans les conditions toujours les moins propices. Lucien saura-t-il se prouver suffisamment libre de préjugés moraux pour jouer le rôle d'un vrai coquin ? Voilà la question que pose M. Leuwen au moment où son fils accepte l'épreuve du service ministériel. La réponse est dans le projet de double existence que formule Lucien : « Je me suis vendu corps et âme à votre Excellence », explique-t-il au comte de Vaize. Mais ce marché ne s'applique qu'aux matinées : « ... mes soirées sont à moi » (48). C'est bien d'une *double vie* morale dont il s'agit – situation récurrente dans les romans de Stendhal. Duplicité qui explique l'importance de l'accord tacite des « *happy few* », car cette intimité des âmes privilégiées est constamment menacée par les forces occultes de la société auxquelles, afin de survivre, il faut feindre de céder.

L'amour du plaisir et l'amour de la beauté ne sont pas, chez Stendhal, des occupations frivoles, mais en quelque sorte des obligations morales. La première impression produite par Mme de Chasteller suffit pour faire envoler toutes les « idées tristes » de Lucien (4). Mais justement, ces « idées tristes » sont toutes liées aux opprimantes réalités politiques et sociales. L'amour est au cœur de l'œuvre stendhalienne, non seulement parce qu'il fait écho aux souvenirs et rêves personnels, mais parce qu'il représente le lieu du conflit le plus aigu entre les valeurs privées et les valeurs de la société. Ce n'est pas par simple caprice d'auteur que Lucien cristallise pour la jeune réactionnaire et séquestrée qu'est Bathilde de Chasteller, et que Fabrice éprouve le coup de foudre pour la fille de son geôlier et ennemi politique. Mme de Chasteller est fréquemment assise derrière des persiennes hermétiquement fermées : sa claustration symbolique souligne du même coup sa modestie féminine et ses préjugés politiques. La communication entre les amoureux stendhaliens implique toujours une distance.

Mais si la pudeur et les opinions politiques emprisonnent Mme de Chasteller, l'acte d'aimer ne suffit pas pour libérer Lucien. Alors que Julien Sorel et Fabrice del Dongo découvrent la ferveur amoureuse la plus intense dans leur prison libératrice, il n'existe pas de prison d'amour pour Lucien. Cependant, des images de captivité reviennent sous la plume de Stendhal. Lucien, qui vient de découvrir sa sujétion à Mme de Chasteller (il se reproche d'être « esclave » d'une petite ultra de province !), est comparé à un « oiseau sauvage » pris dans un filet et mis en cage (14). De même, la dame inaccessible éprouve, elle aussi, le sentiment troublant d'être soumise à une autre conscience. Perte de liberté, peur de l'irruption de l'« autre » – et de tout rapport humain restrictif –, ce sont les symptômes qui, chez Stendhal, accompagnent le phénomène appelé amour. Même M. Leuwen se plaint des liens difficiles, de la perte d'indépendance (et de sommeil) inhérents à l'amour. « Je vous aime, et par conséquent, vous me rendez malheureux », explique-t-il à son fils ; « car la première des duperies, c'est d'aimer... » (46). Pour une fois, M. Leuwen ne fait pas de l'esprit.

L'amour et l'idée de secret sont intimement liés dans les romans de Stendhal ; c'est que le silence et le déguisement des émotions s'avèrent comme les antidotes logiques à l'érosion de la liberté affective. D'où le rêve de Julien Sorel d'embrasser Mathilde à son insu. Le principal effort du personnage stendhalien – effort défensif et le plus souvent inefficace – a pour but le camouflage de sa vulnérabilité. « L'essentiel est que personne ne s'aperçoive de ma folie » (38). C'est dans ce sens qu'il faut interpréter la décision de Lucien de louer un appartement meublé (« Ici, je suis libre ») et son idée d'assumer un faux nom : « Il faut un faux nom pour assurer encore plus ma liberté. » Stendhal va jusqu'à utiliser l'expression « instinct de la liberté » (63).

De toute évidence, les thèmes de la liberté dans *Lucien Leuwen* ont leurs plus riches résonances au niveau psychologique. L'état d'esprit de Lucien reste aussi instable que la composition du roman. Galopera-t-il en avant sur l'ennemi, ou se mettra-t-il à fuir (14) ? Il n'en sait rien. Et nulle prédiction n'est possible. D'autre part, il ne voit aucun moyen d'évaluer objectivement ce qui s'est passé. « Ai-je bien ou mal agi » (54) ? Impossible de répondre. Il n'est guère surprenant que, dans un roman axé sur les problèmes d'identité, l'image du père prédomine. Malgré ses encouragements, M. Leuwen représente une force coercitive. La location de l'appartement se comprend, en partie du moins, comme un geste de révolte. Le désir d'assumer un faux nom est encore plus nettement symbolique. Bien que des figures paternelles peuplent à peu près toutes les œuvres romanesques de Stendhal, nulle part le père ne joue un rôle plus décisif que dans *Lucien Leuwen.*

Stendhal aimait placer, aux côtés de ses protagonistes adolescents, des personnages expérimentés et cyniques : Zanca, dans *Le Roman de Métilde*, Mosca, dans *La Chartreuse de Parme*, le docteur Sansfin dans *Lamiel.* Ces analystes des indignités lui permettent de ridiculiser et d'exalter l'innocence de ses héros. Par eux, il se punit également de ses propres déboires. Mais ces voix de l'expérience et de l'amère réalité ne doivent pas être confondues avec celle du progéniteur, réel ou rêvé, qui se fait entendre dans ses constructions romanesques.

L'épigraphe de la première partie du roman – épigraphe attribuée à Lord Byron et qui exalte les vertus d'un « *pater familias* » exceptionnel – souligne l'importance capitale du père dans *Lucien Leuwen.* M. Leuwen, à première vue, s'impose comme un père très différent du vulgaire M. Sorel ou du lâche marquis del Dongo. Pour une fois, Stendhal accorde à son héros le père rêvé – spirituel, généreux, jeune d'esprit. D'autre part, ce père veut traiter son fils en égal, et respecter son autonomie : « ... je ne prétends nullement abuser de mon titre pour *abréger* votre liberté. Faites absolument ce qui vous conviendra » (37). Cependant les dangers qui pèsent sur l'indépendance de l'un par rapport à l'autre, les difficultés inhérentes à ce rapport, et surtout les inquiétudes qui accompagnent la recherche et l'affirmation d'une identité, ressortent avec d'autant plus d'acuité que le père, dans ce roman, n'est pas un personnage antipathique.

Ce n'est pas sans ironie que, tout au début du roman, Dévelroy appelle son cousin Lucien un « enfant content » (1). Être content ici veut dire être assujetti. Car le bonheur que conçoit M. Leuwen pour son fils est un bonheur qui laisse peu de place aux différences de goût ou d'opinion. Rien de surprenant si le jeune homme se sent en état d'insurrection latente contre cette affection envahissante. « Je voudrais bien [...] ne pas être obligé à chaque instant d'avoir recours au génie de mon père » (48). En fait, M. Leuwen désire manipuler non seulement les affaires financières et politiques du pays, mais les affaires privées de son fils. Lucien résiste bien sûr à ce désir paternel de le rendre heureux « *à sa façon* » (63). Il sent bien que son père, consciemment ou inconsciemment, veut le priver du plus bref instant de liberté, qu'il est déterminé « de ne pas laisser un quart d'heure de solitude à son fils », qu'il déclare la guerre « aux pauvres petits quarts d'heure de liberté » qui lui restent (42, 46). C'est, en fin de compte, sa dignité d'individu que Lucien s'efforce de sauvegarder, réagissant, dans un accès d'impatience, contre ce qu'il appelle « la sollicitude paternelle, maternelle, sempiternelle » (63).

La réaction, brusque sans doute, ne fait pas de Lucien un ingrat. Il éprouve d'ailleurs « un grand remords » vis-à-vis de ce père charmant, chaleureux – remords non pour tel ou tel acte, mais pour un état d'esprit contre lequel il n'existe pas de recours. « Il n'avait pas d'amitié pour lui » (58). La « honte intime » de ne pas aimer n'a rien à voir avec la qualité intrinsèque de ces deux personnages. Le fossé profond qui les sépare marque non seulement la polarité enthousiasme-ironie si typique chez Stendhal, mais le besoin, en même temps que l'impossibilité d'une relation intime en conflit avec la quête de l'identité.

Les rapports du fils avec le père sont d'autant moins rassurants que M. Leuwen joue inévitablement le rôle de juge. « *Studiate la matematica* », écrit-il à son fils (7), faisant allusion au célèbre *fiasco* de Rousseau avec la courtisane de Venise. D'un bout à l'autre du roman, le père (parfois relayé par ses figures de remplacement Coffe et Dévelroy) s'impose comme conscience jugeant de l'extérieur. Ses jugements ne sont évidemment pas faits pour flatter Lucien ; et cependant, quel que soit son rêve de liberté, il se sent lié à ces critiques et en redemande. Tout pour lui devient occasion pour se prouver aux yeux de ses juges (« Lucien tenait à prouver à son père et à Dévelroy... » (7) ; il espère que M. Leuwen aura de la « considération » pour lui (9) ; il est assailli par le besoin de « soumettre sa raison à celle d'un autre homme et de demander conseil » (20).

La cause en est claire : tout en craignant l'intrusion d'un autre, et jaloux de son autonomie morale, Lucien n'arrive pas, par ses propres moyens, à se saisir lui-même. Sa propre personnalité, dans sa liberté même, lui échappe. Il n'arrive ni à évaluer son action, ni à comprendre son propre caractère, ni même à s'observer avec quelque objectivité dans l'acte de devenir. Il appelle donc un juge et interprète. « Grand Dieu ! qui pourrais-je consulter ? » (6). Les interrogations sur les vérités les plus fondamentales se succèdent : « Ai-je bien ou mal agi ? » ; « Quelle opinion dois-je avoir de moi-même ? » (54). La plupart du temps, il est lui-même surpris de ses réactions. « Je ne sais ce que je désire. » Cette courte phrase précède dans le manuscrit la question plus brève encore : « Que suis-je donc ? » (6). Lucien est bien un personnage en quête d'un caractère.

Par là, *Lucien Leuwen* marque l'impasse où peut mener un type de *Bildungsroman* dont le héros fait l'apprentissage de son moi. Le refus stendhalien devant les conceptualisations d'une psychologie préétablie est cause en partie d'une absence de stabilité et de direction « essentielles ». Ce vide, ou blanc conceptuel, est à la base des difficultés particulières de ce roman et explique sans doute dans une large mesure son inachèvement.

Bien des critiques se sont demandé pourquoi *Lucien Leuwen*, en dépit de ses grandes qualités, reste quelque peu décevant, pourquoi surtout Stendhal n'a pas su ou voulu le terminer. La vie de consul à Civitavecchia n'inspirait certes pas les travaux de longue haleine. Le nouveau consul s'était d'ailleurs promis de ne rien publier tant qu'il serait au service du gouvernement. Il est significatif, en effet, que tous les efforts littéraires de cette époque : *Souvenirs d'égotisme, Une position sociale, Lucien Leuwen, Vie de Henry Brulard,* sont demeurés inachevés. Ce n'est qu'à Paris, semble-t-il, avec l'Italie au loin comme un mirage, que Stendhal écrivait avec ferveur.

Certains critiques ont invoqué d'autres raisons, et plus sérieuses, pour rendre compte des difficultés de *Lucien Leuwen.* Gilbert Durand a suggéré que l'on ne peut avec impunité composer un roman de l'échec et défier du même coup les impératifs épiques. Selon ce critique, Stendhal aurait désobéi aux lois d'un genre littéraire. L'argument présuppose que toute construction romanesque suit un certain ordre mythique, et présente des situations archétypiques. Les thèmes héroïques s'inséreraient nécessairement dans une progression : du sens d'une destinée aux accomplissements du héros, et de là à une révélation fondamentale. *Lucien Leuwen*, traitant d'une époque et d'une matière sans gloire, souffrirait, selon Durand, d'une « “déficience héroïque” aggravée de la négation des structures mythiques et épiques »[16].

Pour provocante que soit cette explication, le secret des limites du roman réside peut-être tout simplement dans les problèmes plus spécifiquement stendhaliens, notamment dans la nature même de la vision et des thèmes de l'auteur. S'efforçant de créer un personnage parti à la découverte de son potentiel et découvrant du coup les contradictions apparemment insolubles de la liberté, Stendhal ne pouvait éviter de graves difficultés. Un « héros » qui, sans problèmes ou obstacles objectifs, ne cesse de se créer des perplexités en apparence gratuites, risque de fatiguer le lecteur et de décourager l'auteur. Le sujet était tentant ; mais Stendhal n'avait pas encore trouvé le ton ou le décor satisfaisants – ni surtout la tension dramatique nécessaire, en même temps que symbolique. Au moment où Stendhal décrivait son officier jeune et riche, il n'avait pas encore deviné qu'une pareille « innocence », avant de devenir dramatiquement valable, devait être transposée dans un autre climat et dans un autre registre. Le mythe de l'Italie allait lui fournir l'irréalité ironique et poétiquement dynamique, en même temps que les éléments indispensables pour une allégorie de l'évasion. Dans ce climat spirituel, Fabrice del Dongo, encore plus « innocent » que Lucien Leuwen, allait pouvoir se chercher et se trouver.

CHAPITRE 6

CHRONIQUES ITALIENNES

Le mythe de l'Italie

L'attrait éprouvé par Stendhal pour l'Italie semble à première vue relever d'un désir d'évasion. Dans ce sens, son cas n'est pas unique. Le voyage et le dépaysement étaient devenus prétextes à rêverie et à méditation pour plusieurs générations. Stendhal a puissamment contribué à mettre le tourisme (et le mot « touriste ») à la mode, mais d'autres avant lui avaient découvert les plaisirs que peuvent procurer des lieux lointains et des mœurs inaccoutumées. La couleur locale et l'exaltation du pittoresque étaient devenues des clichés littéraires.

Ce qui distingue Stendhal, c'est que son goût du dépaysement, dont les sources sont profondes, ne l'empêche pas de rester ironiquement lucide. Son amour de l'Italie n'est pas une poursuite de délectations exotiques, mais correspond plutôt à une recherche de sa propre identité. Les mots qu'il désirait voir inscrits sur sa tombe – *Arrigo BEYLE, Milanese* – révèlent un besoin psychique qui remonte à son enfance, notamment à l'idée qu'il cultive d'une origine italienne du côté de sa mère. L'Italie de Stendhal incarne le rêve d'une « patrie » différente, c'est-à-dire le désir de se créer, ou de se recréer, en désavouant la paternité de son père. Cette vision idéale d'un espace topographique et culturel projeté sur un paysage privé prend pour point de départ un fantasme juvénile d'émancipation et d'indépendance.

Ce même rêve de libération est à la source d'attitudes qui peuvent paraître contradictoires. Un provincial qui déteste l'esprit de province, un libéral qui sent la nostalgie de l'Ancien

Régime, un critique de l'Empereur qui devient son admirateur sous la Restauration, Stendhal apparaît changeant, sinon versatile. Mais sa mobilité d'esprit ne relève ni de l'instabilité ni du caprice. Derrière ses contradictions apparentes, on reconnaît une constante : la recherche de l'authenticité et le refus des opinions toutes faites. Son amour de l'Italie était en quelque sorte une forme de révolte contre son hérédité paternelle, hérédité bourgeoise et prosaïque.

Les circonstances ont favorisé la connaissance intime que Stendhal a pu avoir de l'Italie et de la culture italienne. Grâce à la protection de son parent le comte Pierre Daru, le jeune Henri Beyle avait suivi l'armée de Bonaparte partie à la reconquête de l'Italie du Nord en 1800. Le passage du Saint-Bernard, la descente vers les plaines ensoleillées de la Lombardie, l'enchantement que lui procura l'initiation au *Mariage secret* de Cimarosa, l'arrivée à Milan et la découverte de l'amour-passion, l'ambiance magique du théâtre de la Scala : autant d'expériences inoubliables qui allaient prendre place, bien des années plus tard, dans les pages les plus lumineuses de la *Vie de Henry Brulard* et de *La Chartreuse de Parme*. Les années 1801-1802 marquent non seulement l'apprentissage de la vie militaire, avec l'inévitable sentiment d'ennui et de servitude, mais la première vraie émancipation loin de la surveillance familiale. L'Italie deviendra pour lui un symbole d'indépendance et d'individualisme. Cette première période italienne – il avait à peine dix-sept ans à son arrivée à Milan – fut aussi une leçon de solitude et de désirs inassouvis. Il voyait autour de lui des camarades expérimentés et entreprenants qui avaient du succès auprès de dames peu farouches. Ses propres initiatives le portaient plutôt vers des maisons spécialisées où il eut probablement la malchance – autre forme de souvenir – de contracter une maladie qui devait l'affecter le restant de sa vie.

Lorsque Stendhal revit Milan en 1811, il n'était plus un novice. Sa maîtresse, Angela Pietragrua, lui fit connaître ce qu'est le tempérament d'une « catin sublime » ; elle le confirma dans son opinion que l'Italie était le pays des grandes passions, de la jalousie, des rêves de vengeance, des actes de générosité et de folie. Il n'avait plus qu'un désir, celui de vivre en Italie. Ce désir devint réalité lorsque, après la chute de Napoléon en 1814, il s'installa à Milan pour une période qui devait durer sept ans.

Période de grand enrichissement : il se mit à l'histoire de l'art, fréquenta une société cosmopolite dans la loge de Ludovico di Breme à la Scala, rencontra Byron et Monti, découvrit l'*Edinburgh Review* et *Il Conciliatore*, se mêla de polémique « romanticiste », se familiarisa avec les grands courants et les dessous de la politique en pleine époque de domination autrichienne.

Compromis par son amitié avec les *carbonari*, soupçonné même d'être un espion, Stendhal se vit forcé de quitter Milan en 1821. Mais son expérience de l'Italie ne s'arrêta pas là. Bien des voyages, divers longs séjours, et finalement, après la révolution de 1830, ses années comme consul à Civitavecchia, firent de lui l'écrivain français qui à l'époque connaissait et comprenait le mieux l'Italie. Le nombre de ses ouvrages inspirés par son amour de l'Italie est impressionnant : les *Lettres sur Haydn, Mozart et Métastase* (dont la dernière partie traite de la musique et des mœurs de la péninsule), l'*Histoire de la peinture en Italie*, les diverses versions de *Rome, Naples et Florence*, le deux « vies » inachevées de Napoléon (celle écrite en 1836-1837 contient des descriptions de l'arrivée de l'armée française à Milan qui préfigurent le début de *La Chartreuse de Parme*), la *Vie de Rossini*, les séduisantes *Promenades dans Rome*, véritable guide à la fois touristique et culturel. Si on ajoute à cette liste déjà longue les œuvres plus strictement narratives ou romanesques – la *Vie de Henry Brulard*, *Chroniques italiennes* et surtout *La Chartreuse* – l'importance capitale des thèmes italiens devient éclatante.

Une étude d'ensemble sur l'Italie de Stendhal évoquerait d'abord ses paysages favoris [1]. Car Stendhal, qui prétendait trouver ennuyeux les passages descriptifs dans les romans, était en fait un grand amateur de paysages. Il comparait les plaisirs que donne la vue d'une montagne ou d'une rangée d'arbres à ceux que procure une belle ligne mélodique. Il aimait, plus encore que la Toscane ou l'Ombrie, la région des lacs de la Lombardie entourés de douces collines et de végétation opulente. S'il se délectait à flâner tard l'après-midi sur le Corso de Milan, en distinguant au loin le Monte Viso, le Monte Rosa et la chaîne de Bassano, il se sentait plus heureux encore près du lac de Côme ou dans la région de Brianza dont les cyprès mélancoliques l'émouvaient. Tous ces paysages, transposés en images verbales, résonnent mélodieusement à travers ses pages.

Climat et paysages l'intéressaient aussi dans la mesure où ils déterminent le caractère d'un peuple. À la suite de Montesquieu et d'autres écrivains du XVIIIe siècle, Stendhal était convaincu que l'art, les institutions politiques et les mœurs d'un groupe humain sont le produit d'une conjonction particulière de tempérament, de topographie et de latitude. L'*Histoire de la peinture en Italie* contient des développements importants sur les aspects spécifiques du tempérament italien défini comme « bilieux » – c'est-à-dire vif et vivace, nerveux, inquiet en permanence, capable de mouvements impétueux, et surtout disposé à ressentir violemment les outrages et la haine[2].

Stendhal se plaît à considérer les diverses causes de la Renaissance, période qui représente à ses yeux un moment suprême de l'histoire, quand l'individu a été le plus vigoureusement lui-même. Tout athée qu'il fût, Stendhal en vint même à proclamer le rôle dynamique de la religion. Les papes eux-mêmes n'étaient-ils pas des hommes d'action extraordinaires ? Ne savaient-ils pas s'élever par un acte de volonté au-dessus des coutumes et des lois pour créer des mondes à leur propre image ? C'est avec chaleur qu'il évoque la carrière aventureuse d'un Alexandre Farnèse qui, après une jeunesse de *prepotenza* marquée par des enlèvements, l'incarcération, une évasion héroïque, monta sur le trône pontifical grâce au népotisme et à l'influence d'une courtisane habile, pour être connu de la postérité sous le nom de Paul III.

Dans le bref résumé des origines de la célèbre famille Farnèse, il est facile de reconnaître une des sources de *La Chartreuse de Parme*. Il est moins aisé d'évaluer le rôle de la religion dans l'image que Stendhal se fait de l'Italie. Une chose est sûre : l'homme qui disait que la seule excuse de Dieu c'est qu'il n'existe pas a accordé une place importante dans ses écrits romanesques à des prêtres, des religieuses et des moines sympathiques. Se peut-il que Stendhal pardonnât à l'Italie jusqu'à sa religion ? Ou bien faut-il douter de l'authenticité de la foi de ses personnages ? Ni l'un ni l'autre, sans doute. Leur foi religieuse n'est pas mise en question, bien qu'elle relève parfois de la superstition. De plus, ces textes « italiens » sont riches en détails sur la corruption, la vénalité, le népotisme, sans parler de péchés plus mortels.

Cette apparente ambivalence comporte en réalité un potentiel poétique et dramatique que Stendhal ne cesse d'exploiter. Loin d'être incompatibles, la foi en la providence et la volonté d'action coexistent, perpétuant l'ancien conflit entre prédestination et libre arbitre. Le schéma évident de ce rapport conflictuel se manifeste un peu partout dans les *Chroniques italiennes*, où les inhibitions religieuses, typiquement symbolisées par les murs d'un couvent, représentent des obstacles à l'amour. Mais l'amour et la liberté sont le plus souvent proclamés gagnants. On escalade les murs, on pénètre dans les couvents.

Les luttes politiques en Italie – celles des factions du Moyen Âge, de la Rome des papes, de la Renaissance des *condottieri* – sont elles aussi transposées en motifs stendhaliens d'audace et d'indépendance. Dans un contexte plus récent, Stendhal associe l'épopée de Bonaparte en Italie à ses propres souvenirs et à sa familiarité avec les aspirations des *carbonari*. Ce télescopage des mythes de l'Italie et de Napoléon trouve des expressions frappantes dans quelques pages des *Mémoires sur Napoléon* qui décrivent l'arrivée de l'armée « libératrice » à Milan en 1796[3].

Parler d'art italien signifie inévitablement pour Stendhal parler d'histoire, mais aussi d'amour à l'italienne. À l'inverse, les thèmes romanesques associés à l'image de l'Italie évoquent dans son esprit les artistes qui lui sont chers – le Corrège, Cimarosa, Canova, Rossini. Avant tout, l'ambiance italienne favorise à ses yeux les traits de caractère et les valeurs qu'il se plaît à exalter : le culte de l'énergie, le geste imprévu, la force de la passion, la folle générosité, le refus d'oublier les injures. Le fantasme de l'Italie s'opposait à deux vices que Stendhal abhorrait entre tous : la mesquinerie et la frivolité.

Même les idées que Stendhal se fait du romantisme ont une forte saveur italienne. C'est durant son long séjour à Milan (1814-1821) qu'il fut initié au débat du *romanticismo* qui en Italie tournait principalement autour de l'affranchissement de la langue italienne des règles ultraconservatrices de l'Accademia della Crusca. Qu'il y eût un rapport entre cette émancipation linguistique, la liberté d'expression et les idées politiques libérales ne doit pas surprendre. Stendhal participait de tout cœur à cette lutte littéraire contre la Crusca, lutte dont les échos sont perceptibles dans son pamphlet *Racine et*

Shakespeare qui contient en appendice un texte intitulé « Des périls de la langue italienne ».

Quelques-unes des idées de Stendhal remontent au relativisme esthétique de l'abbé Du Bos, dont les *Réflexions critiques sur la poésie et la peinture* (1719) reprennent certains motifs de la célèbre querelle des Anciens et des Modernes. Les assertions de Stendhal vont toutefois au-delà de l'abbé Du Bos, de Lavater, de Cabanis. Stendhal affirme que l'artiste crée pour son époque, que la contemporanéité, plus qu'un fait, est un engagement. Dès l'*Histoire de la peinture en Italie,* Stendhal s'était exprimé sur le lien entre les contingences sociopolitiques et les idéaux esthétiques nécessairement variables. Ses idées sur le romantisme impliquent en toute logique une notion de l'artiste *engagé.* Dans *Racine et Shakespeare,* il écrit : « Il faut du courage pour être romantique, car il faut *hasarder.* » Cette audace s'accorde au demeurant avec le goût prononcé du XIXe siècle pour les « émotions fortes ». « C'est *la passion elle-même* dont nous avons soif »[4]. Idées déjà formulées, presque mot à mot, dans l'*Histoire de la peinture en Italie.*

Baudelaire, qui avait du goût pour les observations provocantes de Stendhal, adoptera quelques-unes de ses formules, notamment sur la beauté comme « promesse de bonheur ». Cependant la métaphysique baudelairienne est aux antipodes de l'hédonisme impénitent de Stendhal, dont par ailleurs l'absence d'affinités avec les grands romantiques français (Hugo, Lamartine, Vigny, Musset) est un aspect remarquable de l'histoire littéraire. À la distance chronologique (Stendhal était leur aîné de presque une génération) vient s'ajouter la distance géographique. Même les prédilections critiques de Stendhal sont marquées par son expérience et son culte de l'Italie. Après tout, ce fut à Milan qu'il devint lecteur assidu de la très romantique *Edinburgh Review.*

Stendhal n'est évidemment pas le seul écrivain de cette époque à s'être construit une Italie à son propre usage. L'Italie était devenue un décor privilégié des romantiques, non seulement pour ce qu'elle offrait en couleur locale, mais par un besoin plus fondamental d'évasion. Depuis le siècle précédent, elle attirait une élite de voyageurs qui avaient le goût de l'archéologie, pour qui les antiquités de la péninsule, chargées d'histoire, étaient une source d'émotions. Stendhal, à son tour, considérait l'Italie comme une « occasion de sensations[5] ». Des échos littéraires que Stendhal se plaît d'ailleurs à reconnaître, contribuent à son mythe italien. Évoquant sa première traversée des Alpes dans la *Vie de Henry Brulard*, il note une association d'idées et d'images vieille déjà de plus de trente ans. « Je me dis : je suis en Italie, c'est-à-dire dans le pays de la *Zulietta* que J.-J. Rousseau trouva à Venise, en Piémont dans le pays de Mme Bazile[6]. »

L'Italie de Stendhal demeure cependant une création toute personnelle. Dès les *Lettres sur Haydn, Mozart et Métastase*, il conçoit l'Italie comme la patrie d'un type de beauté et de bonheur qui parle directement à son esprit et à ses sens. Dans l'*Histoire de la peinture en Italie*, il développe ce mythe d'une patrie des sensations fortes, pays de l'élan amoureux et d'une jeunesse qui se prolonge. « En ce pays brûlant et oisif, on est amoureux jusqu'à cinquante ans[7]... » L'observation anticipe de vingt-cinq années la joie du comte Mosca dans *La Chartreuse*, tout surpris de retrouver son adolescence en aimant la duchesse Sanseverina. Mais l'amour ne signifie jamais pour Stendhal s'abandonner aux sensations voluptueuses. Il s'agit plutôt d'une fièvre qu'accompagnent une énorme dépense d'énergie et une « nuance de terreur ». Conception énergétique de l'amour qui s'allie à la vertu beyliste de l'individualisme.

Au chapitre 131 de l'*Histoire de la peinture en Italie*, Stendhal situe sur le sol italien une « végétation humaine » plus vigoureuse qu'ailleurs, et des « passions plus fortes ». Les crimes même y sont admirables ; ils reflètent non pas l'infamie, mais le courage et la détermination. Pour faire comprendre ce qu'il entend par ce courage, Stendhal se sert dans *Rome, Naples et Florence* d'une image saisissante : « J'aime la force, et de la force que j'aime, une fourmi peut en montrer autant qu'un éléphant. » Ce qui compte, c'est l'extrême tension du vouloir. Stendhal méprise la mollesse, le relâchement. Il préfère un ennemi à un ennuyeux. Le grand mérite de l'Italie, il ne cesse de l'expliquer, c'est que son climat, son histoire et le tempérament de ses habitants encouragent un non-conformisme qui ne transige pas. « Chacun ose être soi-même »[8].

Voyager en terre étrangère prend du reste un sens spécial pour Stendhal. Contrairement à Flaubert, pour qui l'exotisme signifie le rêve impossible sinon destructeur (le mouvement n'étant pour lui qu'une manifestation obsédante de l'immobilité), Stendhal pense et vit le déplacement comme moyen de rompre allègrement avec les contraintes et de faire des découvertes sur lui-même. Le tourisme lui apparaît comme une promesse d'imprévu dont l'équivalent linguistique se retrouve dans la mobilité de son écriture, dans le staccato et les méandres de son style. D'où le charme très spécial des *Promenades dans Rome* (1829). Mais le dépaysement était aussi un moyen de juger la France. Stendhal a hérité de certains écrivains du XVIIIe siècle – de Montesquieu notamment, mais aussi de Voltaire – le goût d'une distance ironique leur permettant de se servir d'un ailleurs de fantaisie pour critiquer les mœurs et les institutions de leur pays. Toutefois, dans le cas de Stendhal – et c'est bien là un des secrets de son art –, l'ironie n'exclut pas une vision poétique. Dans *Rome, Naples et Florence en 1817,* il avait donné le ton en décrivant le lac de Côme.

> « Les villages, placés à mi-côte, paraissent loin par leurs clochers qui s'élèvent au-dessus des arbres. Le bruit des cloches, adouci par le lointain et les petites vagues du lac, retentit dans les âmes souffrantes. Comment peindre cette émotion ! Il faut aimer les arts, il faut aimer et être malheureux [9]. »

Ces tonalités rousseauistes qu'intensifient les correspondances entre formes et sons semblent annoncer Baudelaire et Proust. On retrouve ce rapport entre musique et paysage dans bien des pages de Stendhal concernant l'Italie.

Vers « La Chartreuse »

Des lieux étrangers apparaissent assez tôt dans les écrits de Stendhal. L'anecdote de Bianca Capello dans l'*Histoire de la peinture en Italie* (1817), dont nous avons déjà parlé, aurait facilement pu prendre place à côté de récits postérieurs d'une quinzaine d'années connus sous le titre de *Chroniques italiennes*. D'autre part, des essais romanesques assez inégaux, réunis par Henri Martineau sous le titre prometteur de *Romans et nouvelles*, contiennent aussi, à côté de « Mina de Vanghel » et du « Rose et le Vert », des textes intéressants pour leur décor étranger. En 1826, Stendhal avait par ailleurs publié dans la *Revue britannique* un texte curieux qui combinait l'histoire du célèbre brigand Spatolino, celle de l'enlèvement du pape, et un commentaire sur la situation politique en Italie. Ces *Souvenirs d'un gentilhomme italien* – tentative romanesque qui précède son premier roman, *Armance* – anticipent en réalité les *Chroniques italiennes*. Quant aux autres morceaux divers – « Le Coffre et le revenant » dans la veine macabre, le récit mélodramatique « Le Philtre », « Le Juif », histoire picaresque inachevée, qui se déroule à travers plusieurs pays –, ils dénotent tous que l'auteur des futures *Chroniques italiennes*, bien que tenté par la couleur « exotique », n'avait pas encore trouvé sa manière à lui.

Le fait catalyseur, ce fut la découverte, durant son consulat à Civitavecchia, de vieilles chroniques remontant pour la plupart au XVIIe siècle, remplies de narrations de crimes violents. Ces récits sombres offrent en abondance des descriptions atroces et détaillées d'exécutions capitales. Tout fier d'avoir bravé la poussière des bibliothèques italiennes, Stendhal communique joyeusement la nouvelle de sa découverte à son ami Di Fiori et à Sainte-Beuve. Il était clair qu'il comptait mettre à profit ce réservoir de passions et de violence. Il fit copier et relier nombre de ces histoires. Sa collection finit par s'élever à quatorze volumes. Les conséquences de sa trouvaille furent de la plus haute importance. Bien qu'il ne publiât rien durant les années de silence « diplomatique » qu'il s'était imposé, ces vieilles chroniques nourrirent sa fièvre littéraire durant son long congé à Paris (1836-1839), et jouèrent un rôle déterminant dans la genèse de son œuvre la plus lumineuse et la plus poétique, *La Chartreuse de Parme*.

Ces anciennes chroniques, souvent d'origine romaine, ont été qualifiées de « musée des horreurs » par un érudit italien [10]. Ce type de *storia romana*, d'ordinaire un travail de commande pour la collection privée d'une famille importante, était presque toujours truffée de descriptions détaillées de procès sensationnels, de tortures inquisitoriales et d'exécutions qui tenaient à la fois de la cérémonie solennelle et du spectacle sanguinaire pour la populace. Il n'est guère surprenant que Stendhal ait été captivé par ces documents pittoresques rédigés dans le style de leur époque, et qui lui permettaient de s'approprier et d'adapter à ses propres besoins des textes naïfs préexistants traitant d'histoires de crimes dont il avait toujours été friand. *La Gazette des tribunaux*, à laquelle il était abonné, lui avait fourni le canevas de base pour *Le Rouge et le Noir*. Mais il était également un lecteur assidu des *Causes célèbres*, des *Chroniques du crime*, de la *Cour d'assises* et du *Palais de justice*.

En réalité, ce n'est ni le procès ni le châtiment qui intéresse Stendhal, mais la passion derrière le crime, l'élan qui traduit ce crime en affirmation éloquente de la personnalité. Stendhal méprise le crime vénal. Dans les marges de certaines de ces vieilles chroniques, il note sa déception : « Crime vulgaire. Rien de neuf sur le cœur humain » ; ou encore : « Crime vil, assassinat de famille par intérêt d'argent... ». Un de ses projets de préface insiste sur ce point : « Les crimes fondés sur l'argent ne sont que plats et l'on en trouvera bien peu ici. » L'art de l'assassinat comme raffinement de cruauté n'intéresse pas non plus Stendhal. Ce qu'il entend par un beau crime (« *un bel delitto* »), c'est la manifestation très particulière d'énergie, l'explosion de passion qui transgresse les lois de la prudence et les conventions sociales, et qui révèle du coup quelques vérités sur « le cœur humain presque à nu »[11].

Quel que fût son goût pour les histoires de complots et de vengeances, l'amateur de crimes qu'était Stendhal se sentait rebuté par la cruauté à l'état pur. Les noms mêmes de Vittoria Accoramboni et Béatrix Cenci – deux héroïnes des chroniques dont il s'est servi – évoquent des actes atroces. L'assassin de Vittoria, remuant le couteau dans la plaie, demande à sa victime agonisante s'il a bien atteint le cœur. Béatrix est suspendue par les cheveux au cours de son interrogatoire. Stendhal éprouve toutefois de la répulsion pour les supplices affreux et la pure sauvagerie. Dans *Promenades dans Rome*, il se dit écœuré par la « *réalité atroce* » des scènes de martyre dépeintes par Pomarancio et Tempesta. Des fresques décrivant des entrailles qu'on dévide, ou la tête d'un saint écrasée entre deux meules de moulin, et dont les yeux sont chassés de leur orbite, lui semblent faites pour plaire à des âmes vulgaires. Il reproche aux auteurs des chroniques qu'il fait recopier de se complaire trop souvent à décrire des détails abominables. « Le défaut de ce livre est la quantité de supplices décrits », note-t-il en marge du texte qui va lui servir. Et encore : « Simple récit d'un supplice »[12]. Il fallait penser à adoucir le ton.

Les documents italiens allaient donc subir des transformations. Il importait de choisir entre eux, puis d'alléger et de modérer. Il fallait surtout insuffler à ces chroniques des thèmes pour ainsi dire absents des originaux. Le pamphlet sur les origines de la grandeur des Farnèse (*Origine delle grandezze della famiglia Farnese*) traite des mœurs de la Renaissance dans ce qu'elles ont de plus rude, et on n'y trouve rien de proprement « stendhalien ». Déjà la première élaboration de ces pages qui allaient inspirer certains motifs de *La Chartreuse* représente une métamorphose poétique. La courtisane « lascive » Vandozza devient un « *aimable volcan* d'idées nouvelles et brillantes », et l'enlèvement d'une jeune femme sans défense par un futur pape libidineux est traduit en « escapade sentimentale »[13].

Les Cenci, une des chroniques les plus noires de Stendhal, est remarquablement sobre et même pudique – en dépit des éléments d'inceste, de parricide, de luxure sadique – quand on compare ce texte à la version théâtrale du poète Shelley. On n'y trouve rien des délices de cruauté que recherche le vieux Cenci, on n'y entend pas les gémissements et les cris de ses victimes, on n'y voit pas l'expression satanique de ses yeux. Les termes mêmes utilisés par Shelley, sa fascination pour tout ce qui est pollution, putréfaction et « souillure lépreuse », auraient sans doute déplu à Stendhal. Alors que le Cenci-Satan du poète anglais proclame qu'il ne se sent pas humain,

> « *But like a fiend appointed to chastise*
> *The offences of some unremembered world* »
>
> (« Mais comme un démon appelé à châtier
> Les offenses de quelque monde oublié »)

le protagoniste de Stendhal n'est jamais qu'un homme qui veut « étonner ses contemporains »[14].

L'heureuse conjonction de documents authentiques et de thèmes privilégiés aboutit à la publication, entre 1837 et 1839, de quatre textes importants, sans compter *La Chartreuse*, tous liés au mythe stendhalien de l'Italie : *Vittoria Accoramboni*, *Les*

Cenci, *La Duchesse de Palliano* et *L'Abbesse de Castro*. Mais déjà quelques années avant la découverte des vieilles chroniques couvertes de poussière, Stendhal avait entrepris deux nouvelles, *Vanina Vanini* (1829) et *San Francesco a Ripa* (1831), qui attestent d'un intérêt de longue date pour le genre de la chronique à l'italienne, et qui font voir que ce type de récit n'était pas un simple délassement ou produit secondaire de ses activités administratives à Civitavecchia.

San Francesco a Ripa, l'histoire d'une jeune Romaine qui se venge de la frivolité de son amant français, développe quelques-uns des motifs les plus chers à Stendhal. La princesse Campobasso, déchirée entre sa piété ardente et sa passion, sacrifie son « bonheur éternel ». Pour ce type de tempérament (italien, bien sûr !), l'amour ne se réduit pas à la satisfaction des sens ; il engage l'être tout entier. Son amant français a raison d'être effrayé par la « profondeur » de cette passion romaine. Mais cette profondeur n'a rien d'abstrait, rien de cérébral. Elle est synonyme d'intensité, de jalousie, de sentiments violents. D'où la juxtaposition dans la même phrase de « profondeur » et d'« âme à nu ». Et c'est bien cette nudité de l'âme et des sentiments qui, en contradiction avec « les sentiments cachés d'un cœur italien », est mise à si haut prix par Stendhal. Car il s'agit, pour ainsi dire, d'une nudité invisible, c'est-à-dire d'un de ses paradoxes préférés : une spontanéité qui se dissimule. Ce désaccord en apparence irrésolu entre le geste impulsif et ce qui le déguise dit bien à quel degré il importe aux personnages de Stendhal de cacher leur sincérité afin de mieux la protéger. Du reste, rien de superficiel aux émotions « italiennes » de ses personnages. Les résolutions « étranges » de la princesse Campobasso, ses actes de « démence » et la soif de vengeance qui la travaille, expriment une énergie qui ne saurait être réprimée.

Les textes élaborés à partir des chroniqueurs anonymes deviennent en fin de compte des textes très personnels. Même le ton parfois légèrement XVIIIe siècle ne doit pas tromper. Les éléments ironiques et critiques ont valeur de poésie. Si la vanité française devient sujet de raillerie, c'est pour mieux mettre en relief les fortes pulsions émotives. *L'Abbesse de Castro* illustre peut-être le mieux la correspondance complexe entre les motifs « italiens » et certains aspects de la rêverie stendhalienne. Les bandits bien-aimés, les femmes cloîtrées, les communications secrètes, les amours exposant aux périls, les sacrifices absolus – tout cela peut au premier abord paraître excessif et mélodramatique. Mais chacun de ces éléments s'intègre à l'imaginaire stendhalien et aux formes de sa pensée. Les brigands font mieux qu'incarner le folklore, ils s'affirment comme « l'*opposition* contre les gouvernements atroces[15] ». En tant que tels, ils viennent à personnifier l'anticonformisme et l'esprit de révolte. Plus précisément, ils rendent éclatant le conflit entre valeurs privées et valeurs collectives.

L'ambiguïté qui caractérise les romans de Stendhal affecte jusqu'aux histoires de crimes, de vengeances et de supplices narrés dans les *Chroniques italiennes.* Le brigandage, le népotisme et la corruption des puissants sont les corollaires d'une vitalité individuelle et d'un sens de l'honneur très personnel qui, au grand regret de Stendhal, ont disparu du monde utilitaire et bureaucratique contemporain. Et au-delà des notions contradictoires de morale qui aboutiront à l'éblouissante mascarade éthique de *La Chartreuse de Parme*, il y a l'ambiguïté même de l'amour et du bonheur. Car l'amour, dans *L'Abbesse de Castro* aussi bien que dans les autres chroniques, reste merveilleusement inaccessible, et tout bonheur est teint de tristesse. Ainsi Hélène Campireali, hantée par des visions des « plus affreux malheurs », lit des poèmes qui chantent la passion amoureuse et les suprêmes sacrifices. Quant à Jules Branciforte, c'est par un paradoxe sombre qu'il résume sa situation : « Ainsi, je puis dire que la vue du bonheur m'a rendu malheureux »[16].

L'amour et le bonheur interdits ou hors d'atteinte sont symbolisés par des images récurrentes de communication *à distance.* Jules guette la fenêtre de Hélène de loin (ainsi que font les amoureux dans l'épisode de Bianca Capello dans l'*Histoire de la peinture en Italie*, et plus tard Lucien Leuwen et Fabrice del Dongo). Les signaux distants et les messages codés sont les modes préférés du contact amoureux dans le monde romanesque de Stendhal. Nulle promiscuité, réelle ou imaginaire, telle qu'on la trouve par exemple dans les romans de Flaubert. Aucune des héroïnes de Stendhal ne ressent le vertige et la torpeur d'une Emma Bovary au bal de la Vaubyessard. Aucun de ses héros n'affronte un étalage de chairs féminines, comme Frédéric Moreau dans l'établissement de la Turque ou au bal masqué de la Maréchale dans *L'Éducation sentimentale.* Chez Stendhal, la claustration de la femme désirée devient une image emblématique de l'intangible. Le couvent sert de métaphore. Hélène est d'abord menacée de réclusion dans un cloître. Plus tard, quand elle est réellement enfermée au couvent de la Visitation, et que Jules entreprend une expédition pour arriver jusqu'à elle, les « noires murailles », du couvent font l'effet sur lui d'une forteresse. Cette image est ensuite développée lorsqu'il pénètre de force dans le couvent : les domestiques sont pour la plupart des « anciens soldats » logés dans une sorte de « caserne » aux fenêtres grillées ; les murs ont plus de quatre-vingts pieds de haut ; la porte intérieure en fer est gardée par une « sœur tourière ». Tout l'ensemble architectural est fait pour être impossible à percer[17].

Les murs qui séparent les amants, ainsi que la réclusion de la femme aimée, font valoir les deux faces opposées de la liberté. Cellules, grilles et tours fortifiées impliquent normalement la contrainte, l'oppression, la captivité. Mais ces mêmes murs et cellules protègent aussi la vie intérieure et la liberté de rêver. Dans le monde de Stendhal, l'amour ne se réduit pas aux frissons de l'épiderme ; il exige don et renoncement. Voilà sans doute pourquoi les histoires d'amour prennent si souvent chez lui l'allure d'une allégorie de l'évasion. Cette évasion vers la prison d'amour se situe plus d'une fois dans un espace carcéral, réel ou imaginaire. Thème de la prison heureuse qui sera magistralement orchestré dans *La Chartreuse de Parme.*

CHAPITRE 7

LA CHARTREUSE DE PARME : PRISON ET POÉSIE DE LA LIBERTÉ

Un espace imaginaire

Les mots « La Chartreuse de Parme » évoquent un paysage, une lumière, un rythme très particuliers. Ils annoncent un lieu monacal qui en fait n'est mentionné qu'aux dernières pages du roman, mais qui est présent à l'esprit du lecteur dès le début, comme pour l'avertir qu'au-delà des intrigues politiques, des leçons de cynisme et de savoir-vivre, il existe une région privilégiée mais à peine accessible : celle d'une spiritualité secrète, du monde poétique de la prison, de la retraite et du renoncement.

Une critique impressionniste parlerait de lumière d'automne qui permet de distinguer les moindres détails à une grande distance. Et cependant cette lumière qui illumine de vastes panoramas n'est pas entièrement rassurante. Douce et dorée, elle confère au moment fugace un semblant de permanence. Mais déjà le jour tire à sa fin.

L'ouverture du roman chante la jeunesse et la « gaieté » de l'armée française faisant son entrée dans Milan en 1796. L'élan de ces soldats de Bonaparte tous âgés de moins de vingt-cinq ans, le mépris de ce qui est vieux et porte une perruque poudrée, le contraste entre l'appétit de plaisir de cette jeune armée et les « vieux généraux imbéciles » autrichiens, tout indique une atmosphère d'abandon et de légère ivresse qui ne laisse nulle place au regret. Le marquis del Dongo, grincheux réactionnaire haïssant les idées nouvelles, et sa jeune sœur Gina qui ne peut s'empêcher d'éclater de rire à la vue de prétendants poudrés, appartiennent à deux générations différentes. Entre eux il existe un fossé politique et moral. Le présent s'impose à tel point que l'histoire semble au premier abord avoir perdu contact avec elle-même.

Les impératifs du moment et les fluctuations de l'histoire s'opposent d'un bout à l'autre du roman. La structure même du premier chapitre évoque une ère de bonheur que des événements viennent bientôt interrompre. L'armée française qui avait libéré Milan du joug autrichien, inaugurant une époque de « liberté », est chassée. C'est le retour au passé. Le rire est de nouveau remplacé par les idées mornes et obscurantistes. Mais la brève époque de bonheur, dans la mesure même où elle s'est évanouie, s'affirme rétrospectivement comme d'autant plus remarquable. Elle laisse son empreinte sur les événements qui suivent. Tout le roman est conçu sous le signe d'une jeunesse perdue, que la mémoire et l'ardeur cherchent à reconquérir.

Le comte Mosca est le personnage qui incarne le plus vivement ce thème de la jeunesse retrouvée. Ce diplomate de quarante-cinq ans sonnés, qui a connu les campagnes glorieuses de Napoléon, mais qui maintenant accepte avec pragmatisme et ironie de jouer le jeu de la politique dans le monde post-napoléonien, retrouve grâce à l'amour la ferveur de sa jeunesse. Pendant qu'il attend impatiemment deux grandes heures l'arrivée de la comtesse Pietranera au théâtre de la Scala, il en vient à conclure que la vieillesse est avant tout l'incapacité de se livrer aux « enfantillages délicieux », à la folie de l'amour. Pour intensifier ses émotions, il retarde volontairement le moment de se présenter dans la loge de la comtesse (« pour mieux penser à elle ») et se réjouit de sa timidité imprévue. « Voilà bien vingt-cinq ans que pareille aventure ne m'est arrivée » (chap. 6).

La légèreté du ton de *La Chartreuse*, même à propos de choses sérieuses, peut déconcerter le lecteur. Ce ton est difficile à décrire. Primesautier et irrévérencieux, il engage le lecteur prêt à suivre l'auteur dans ses jeux d'esprit et ses pirouettes ironiques. L'humour et le rythme de la narration s'appuient sur une maîtrise de la litote et de l'ellipse. Des conjonctions fallacieuses, de fausses analogies, des inversions de sens, des juxtapositions pleines de malice servent à faire passer des idées que le lecteur doit apprendre à déchiffrer.

Cette technique allusive relève d'un art de la conversation qui tend à transformer l'interlocuteur en complice. Leste et rebondissante, la phrase de Stendhal imite une voix qui semble improviser. Porté par l'élan de son récit, le narrateur prétend ne pas savoir ce qu'apportera l'épisode suivant. Ses feintes surprises, ses réactions artificieuses mettent en relief la liberté de ses protagonistes. Peu de romans sont animés de façon plus constante par une nécessité intérieure qui ressemble à celle des rêves.

L'ironie de la narration devient ainsi le masque d'un tempérament lyrique. Le sourire de Stendhal, tendre ou sarcastique, ne doit pas tromper. Nul écrivain ne s'est mieux servi de son esprit pour déguiser et protéger ses sentiments les plus intimes. L'ironie console Stendhal des servitudes auxquelles il n'est du reste que trop heureux de céder. L'apparente gaieté et la désinvolture du ton sont en fin de compte aussi mélancoliques que la lumière automnale qui éclaire la merveilleuse et oppressive tour Farnèse.

Les paysages de *La Chartreuse* sont les métaphores de la poésie stendhalienne. Dès son adolescence, Stendhal se sent ému par les correspondances entre les sites qu'il admire et le paysage de ses rêves. Traduire en mots la résonance dans son âme des îles Borromées fut plus tard une de ses premières ambitions littéraires. La position « unique » du château des del Dongo près de Grianta, la vue du « lac sublime », les « formes admirables » des collines, le langage secret de ces « lieux enchanteurs » (chap. 2) sont bien plus que des clichés littéraires. Une joie profonde émane de ces adjectifs. La plaine lombarde, la citadelle de Parme, la tour de l'abbé Blanès, sont des lieux réels et imaginaires d'une Italie que Stendhal fait surgir à son propre usage pour la transformer en un monde de rêverie et d'énergie. Pour épigraphe à *La Chartreuse*, il avait choisi les vers de l'Arioste :

> « *Già mi fur dolci inviti a empir le carte*
> *I luoghi ameni* »
>
> (« Depuis longtemps, les lieux charmants m'ont invité à remplir les pages »)

Ces lieux charmants, ces *luoghi ameni* – sites magiques d'une topographie mentale – évoquent un monde de légère ivresse spirituelle où les sens sont soumis à la songerie.

La conjonction des lieux et des moments privilégiés est fugace. Mais savoir les saluer et les ressusciter justifie tout le reste. Pareil à Rousseau, Stendhal développe assez tôt le culte des heures ineffables qui semblent donner accès à la vie intime des choses – brefs moments de sursis quand les voix du monde extérieur se taisent. Ces lieux et ces instants privilégiés insufflent aux personnages de Stendhal des vertus libératrices. Leurs actes les plus imprévus et les plus excentriques, leurs gestes défiant les conventions, bénéficient de l'immunité que leur confère un paysage de conte de fées transalpin – mais de conte de fées pour adultes.

Un climat de passion et de « folie » semble régner dans cette Italie de fantaisie qui peut surprendre le lecteur épris de sens littéral. C'est ainsi qu'Enrico Panzacchi a jadis protesté contre cette vision stendhalienne d'un pays peuplé de bandits héroïques, de prédicateurs histrioniques et de domestiques composant des sonnets [1]. Les personnages de *La Chartreuse* sont en fait capables d'entreprendre les actions les plus extravagantes, comme si le décor italien suffisait à inspirer des démarches et des sentiments inouïs. Fabrice del Dongo, naïf et superstitieux, quitte subitement le toit paternel pour rejoindre Napoléon à Waterloo. Sa tante, Gina Pietranera, qui deviendra la duchesse Sanseverina, femme qui dédaigne la prudence, s'éprend de son neveu, fait tuer à cause de lui et se dit même qu'elle ferait « mille fois pis » (chap. 23). Le comte Mosca, espèce de Metternich beyliste, découvre à son âge les « folies amoureuses » rajeunissantes ainsi que les fureurs d'une jalousie qui le mènent au seuil du crime. Clélia Conti, dont le visage est attristé comme par le regret de quelque « chimère absente » (chap. 15), trahit son père, gouverneur de la prison, et dans les circonstances les moins vraisemblables cherche à sauver le prisonnier dont elle est amoureuse. Capables de crimes étonnants, mais doués aussi de précieuses vertus, les protagonistes de Stendhal savent mépriser avec passion. La duchesse Sanseverina connaît l'intense joie d'une vengeance savamment préparée et lentement savourée. Mais la même sensibilité et grandeur d'âme, qui les rend aptes à haïr avec intensité, permet aussi aux plus exceptionnels des personnages de Stendhal d'éprouver les ravissements d'un amour si exclusif qu'il les entraîne à préférer la prison, le refus du bonheur et même la mort, à cet autre naufrage que serait une vie qui effriterait leur capacité d'aimer.

Et c'est bien ce contrepoint de brio extraverti et de musique intime et tendre qui porte les grands thèmes du roman. *La Chartreuse*, de même que l'*opera buffa* que Stendhal aimait tant, juxtapose le *staccato* des récitatifs aux fragiles inflexions lyriques. Prosaïsme et poésie se soutiennent l'un l'autre. Illusion et désenchantement, idéalisme et cynisme, négation et affirmation de valeurs, parodie et convictions, détachement et enthousiasme, sont étroitement associés. Et ceci jusque dans la dernière phrase du roman (« Les prisons de Parme étaient vides... »), phrase qui peut être interprétée comme simultanément ironique et lourde de nostalgie. L'ordre qu'elle évoque est à la fois un « ordre » politique qui dit non à la vie et une paix spirituelle qui se situe bien au-delà du domaine corrompu de la politique.

Ambivalences

Le célèbre épisode de Waterloo offre peut-être l'exemple le plus frappant d'ambiguïté stendhalienne dans *La Chartreuse*. Stendhal a été loué pour sa description « réaliste », pour avoir été le premier écrivain à narrer une bataille à partir d'une conscience unique, par les yeux d'un seul personnage entièrement dérouté par ce qui se passe, et qui, loin de dominer l'événement historique avec l'équanimité et le savoir d'un historien (ou d'un romancier traditionnel), ne voit autour de lui que bruit et confusion. Stendhal lui-même, après la bataille de Bautzen en 1813, avait noté dans son *Journal* qu'il avait vu tout ce qu'on peut voir d'une bataille, « c'est-à-dire rien[2] ». Avec Fabrice à Waterloo, nous ne participons aucunement à des combats héroïques dans le style des épopées de Homère et de Virgile, où chaque combattant, chaque arme, chaque exploit et chaque blessure devient le sujet de dénombrements détaillés.

Mais si la description épique est démystifiée, il en va de même du héros épique. Fabrice, qui croit aimer le son du canon, a soif de sentiments élevés et de gloire. Il voudrait galoper derrière tous les maréchaux de Napoléon. Mais il n'est en réalité qu'un parasite héroïque, sans nulle expérience des combats et totalement inutile sur le champ de bataille. Il ne sait même pas charger son arme. L'auteur le traite avec une ironie condescendante. « Nous avouerons que notre héros était fort peu héros en ce moment. » Des commentaires de ce genre constellent les pages sur Waterloo. Le lecteur est invité à sourire de Fabrice, de sa maladresse, de ses illusions, de l'anéantissement de ses beaux rêves d'« amitié chevaleresque et sublime ». Car Fabrice découvre que la guerre ne ressemble en rien aux poèmes du Tasse et de l'Arioste, ni même aux Bulletins de la Grande Armée. Au fur et à mesure que l'auteur promène Fabrice de déception en déception, d'étourderie en étourderie, d'une expérience humiliante à l'autre, il devient clair que ce que ces pages proposent n'est pas du tout une description réaliste, mais un épisode *mock-heroic*, une parodie d'attitudes et de conventions épiques.

Ces conventions sont constamment rappelées, et ceci pour mettre en évidence l'écart entre tradition littéraire et réalité. De grands événements collectifs, les déplacements d'un « héros » en quête d'aventures loin de son pays, des péripéties riches en obstacles et en dangers, des signes avertisseurs et des présages, une bataille où s'affrontent diverses nations, le sentiment que va se décider la destinée de tout un continent, rien n'y manque. Et pourtant ces conventions épiques sonnent creux. Fabrice, pareil en cela à Don Quichotte, a lu trop de livres de chevalerie, trop de proclamations de l'Empereur. Son imagination surexcitée cherche à plaquer le modèle de la geste héroïque sur une réalité ignoble et brutale. Il s'obstine à considérer le groupe hétéroclite de soldats auxquels il s'est joint comme des compagnons imbus d'héroïsme. « Il voyait entre eux et lui cette noble amitié des héros du Tasse et de l'Arioste » (chap. 3). Ce qu'il oublie de se dire, c'est que ces hussards peu délicats ne lui font bonne mine que parce qu'il vient d'acheter une bouteille d'eau-de-vie.

La vile réalité s'oppose à tout instant au rêve épique. Fabrice accourant pour défendre l'Empereur à Waterloo est jeté en prison à cause de son accent italien qui le fait prendre pour un espion. La grande bataille elle-même, qui tourne à la déroute, révèle l'égoïsme, la lâcheté, la confusion des uns et des autres.

Mais c'est précisément à ce conflit entre la réalité du rêve et la réalité de l'expérience vécue que peuvent être attribués l'intérêt et les ressorts comiques de ces pages. Fabrice semble vivre les prédictions adressées à Chérubin par le Figaro de Mozart dans son air moqueur « *Non più andrai...* ». Fabrice lui aussi, comme Chérubin, n'est qu'un enfant qui, au dire de la cantinière, ne sait même pas déchirer une cartouche. Plus innocent encore que Tom Jones, autre modèle admiré par Stendhal, Fabrice fait voir son argent à tout le monde, et bien entendu se fait duper et voler. « Tu ne sais rien de rien », lui annonce la bienveillante cantinière qui le prend sous sa protection et lui prodigue des conseils élémentaires. Le fait est que Fabrice se montre si étourdi qu'il met plus de quatre semaines pour comprendre pourquoi il a été jeté en prison.

Dans *La Chartreuse*, Stendhal semble plus que jamais s'amuser en insistant affectueusement sur les insuffisances et les déconvenues de son personnage. Il prend plaisir à lui infliger une série de mortifications. Il le fait marcher sous la pluie, dans la boue, et dans des bottes qui ne sont pas à sa pointure. Il le fait trotter sur une misérable rosse. Fabrice qui brûle d'envie de voir Napoléon rate cette occasion à Waterloo tout simplement parce qu'il a bu trop d'eau-de-vie et que l'Empereur galope trop vite. Tout l'épisode joue sur les incongruités et l'absence de synchronisation. La pire des indignités subies par Fabrice qui se veut « héros », c'est lorsqu'il avance enfin sur un bon cheval, et se sent tout à coup saisi, élevé et passé par-dessus la croupe de l'animal par un groupe de soldats qui le lui confisquent sans cérémonie. L'incident gagne encore en piquant puisque nous devons comprendre que le général au profit duquel le cheval lui est volé n'est nul autre que l'ex-lieutenant Robert qui apparaît au début du roman, c'est-à-dire le père présumé de Fabrice !

Ces mésaventures humiliantes dégriseraient un plus grand rêveur que Fabrice. Abandonné par les soldat voleurs, il verse de chaudes larmes – par fatigue, nul doute, mais aussi à cause du chagrin de découvrir que le monde n'est pas rempli de frères d'armes héroïques et tendres, qui s'embrassent au moment de mourir tout en se parlant en *ottava rima*. « Il défaisait un à un tous ses beaux rêves d'amitié chevaleresque et sublime, comme celle des héros de la *Jérusalem délivrée* (chap. 3). Réveil qui devient brutal : Fabrice est blessé par des soldats qui ne sont même pas des ennemis. L'épisode se termine sur un jeu de mots un peu amer :

> « Notre héros était ce matin-là du plus beau sang-froid du monde ; la quantité de sang qu'il avait perdue l'avait délivré de toute la partie romanesque de son caractère » (chap. 5).

La blessure, heureusement peu dangereuse, agit comme une saignée bienfaisante. Tout se passe comme si l'épisode de Waterloo n'avait pour but que de guérir Fabrice de ses illusions.

On aurait tort cependant de lire ces pages comme un simple retour à la lucidité. Il y a du Candide en Fabrice, mais il y a aussi beaucoup de Don Quichotte. On ne se remet pas si vite de ses rêves. La guerre n'est sans doute pas, et n'a jamais été, un noble « élan d'âmes » éprises de gloire. Mais si le monde n'est pas ce que Fabrice voudrait qu'il fût, il lui est impossible d'adopter un point de vue prosaïque. Ce n'est pas la nature, mais l'objet de sa quête qui change. Les chapitres sur la guerre dévaluent l'enthousiasme tout en l'exaltant. Le contraste entre l'ironie de l'auteur et la ferveur de son « héros » ne fait que mieux ressortir le caractère essentiellement romanesque de son personnage qui se détache vivement sur un fond de parodie et d'insignifiance.

Cet aspect contradictoire de la parodie et de la démystification ressort clairement des allusions répétées à l'Arioste et au Tasse dont les noms sont prétextes à l'ironie, mais aussi symboles de haute poésie. C'est avec ravissement que la comtesse Pietranera revient habiter dans le château familial de Grianta près du lac de Côme. « Au milieu de ces collines aux formes admirables... je puis garder toutes les illusions du Tasse et de l'Arioste. Tout est noble et tendre, tout parle d'amour... (chap. 2). Dans la *Vie de Henry Brulard*, Stendhal lui aussi associe l'Arioste à ses plus chères rêveries. « Je sympathise comme à dix ans lorsque je lisais l'Arioste, avec tout ce qui est contes d'amour, de forêt (les bois et leur vaste silence), de générosité[3]. » Et le sourire songeur de l'auteur de *La Chartreuse* rappelle le sourire délicatement attristé du grand poète qui chanta :

> « *Le Donne, i Cavalier, l'arme, gli amori,*
> *Le cortesie, l'audaci imprese...* »
>
> (« Les dames, les chevaliers, les armes, les amours,
> La galanterie, les exploits héroïques... »)

Il ne peut y avoir de doute : le lyrisme chevaleresque, bien qu'invoqué dans un registre ironique, ne l'est pas nécessairement dans un sens péjoratif. Loin de miner l'illusion lyrique, les éléments de parodie peuvent servir à la maintenir. Ils révèlent un héros au cœur « de fabrique trop fine », en quête d'amitié (chap. 3), mais que la rudesse du monde force à se retirer en lui-même sans toutefois lui faire perdre l'espoir de combler le vide qu'il ressent.

C'est dans ce sens que l'on peut considérer l'aventure de Waterloo comme l'étape préliminaire d'un itinéraire spirituel[4]. Le terme de cet itinéraire demeure cependant invisible jusqu'à la fin. Les vexations et les frustrations des chapitres sur la guerre font de la sorte partie intégrante d'un parcours qui conduit Fabrice vers la découverte de certaines valeurs essentielles – valeurs dont il n'avait pas même une vague intuition. Car elles ne lui sont pas innées. Et il est bon que la chartreuse reste hors de vue jusqu'aux dernières pages du livre, et que le chemin vers ce lieu privilégié de la retraite passe d'abord par la prison de la tour Farnèse qui préfigure la réclusion monacale. Semblable en cela à Julien, Fabrice doit attendre d'être passé par les stations successives de son parcours et d'avoir abandonné en route bien des croyances et des ambitions, avant de découvrir ce qu'il cherchait réellement, mais sans le savoir, depuis le début.

Il est vrai que les paradoxes stendhaliens, les inversions de sens, les impertinences à peine cachées, ne sont pas faits pour rassurer le lecteur qui s'attend à ce qu'on lui parle de sujets importants sur un ton important. Rien de plus déconcertant à cet égard que les thèmes politiques dans *La Chartreuse*. Car il n'y a pas de doute que la cour de Ranuce-Ernest IV est un sujet sérieux. Stendhal n'avait entrepris rien moins qu'un tableau représentatif de toutes les cours, grandes et petites, en fait de tout le climat politique, réactionnaire et anachronique, de l'Europe post-napoléonienne. Mais cette cour de Ranuce-Ernest est présentée avec la fantaisie d'un ballet comique. Stendhal nous donne à voir un palais d'opérette, peuplé de personnages d'*opera buffa*, dont les plus lucides sont parfaitement conscients de jouer la comédie. La duchesse Sanseverina goûte le « spectacle » auquel elle participe, ainsi que le *rôle* qu'elle assume auprès du comte Mosca qui, de son côté, ne peut s'empêcher de voir ses propres activités politiques, et la politique en général, comme un jeu divertissant. Ce diplomate habile refuse de prendre une mine grave, et se plaint, avec un humour légèrement amer, que son rôle officiel de ministre l'oblige à s'habiller comme un « personnage de comédie » (chap. 6).

Dans cette cour de fantaisie, les situations et les personnages absurdes foisonnent. Le prince vit dans une terreur telle des conspirateurs et des révolutions que des mesures exceptionnelles ont été prises : les quatre-vingt-quatre sentinelles du palais doivent crier une phrase entière tous les quarts d'heure, toutes les portes sont fermées avec dix serrures, au moindre soupçon le ministre de la Police est appelé de toute urgence pour s'assurer en personne qu'un jacobin n'est pas caché sous le lit du prince. Les descriptions frôlent parfois la caricature. Les coups de pied au derrière du juge servile Rassi, le sourire automatique de la marquise Balbi, la minceur grotesque de la maîtresse du prince, ces indignités bouffonnes et ces ridicules contribuent à l'atmosphère nettement théâtrale qui règne à la cour de Parme. Du reste, le mot « théâtre » ainsi que les métaphores théâtrales apparaissent dès qu'il est question du prince et de sa cour[5]. Jouer la *commedia dell'arte* est le grand passe-temps des courtisans. Mais cette comédie se joue à plusieurs niveaux. Après la longue « scène » avec Ranuce-Ernest IV et sa mère, la duchesse Sanseverina remarque : « J'ai joué une heure la comédie sur le théâtre, et cinq heures dans le cabinet » (chap. 24).

Cette comédie multiple est en rapport étroit avec les thèmes politiques du roman. Les traits absurdes, et surtout la parodie, conviennent parfaitement à la critique des conditions d'après 1815, dans la mesure où une bonne partie de l'Europe s'est transmuée en parodie de l'Ancien Régime. Si Ranuce-Ernest s'efforce d'imiter la pose et le sourire de Louis XIV, si la princesse se plaît à prendre pour modèle Marie de Médicis, ce n'est pas uniquement pour faire comprendre à quel point ces personnages sont médiocres et ridicules. Ce qui est en cause dans cette Parme tragi-comique, c'est un état d'esprit qui transforme un espace ensoleillé en règne de la tyrannie et de la peur. Même le comte Mosca, pourtant si posé et si déterminé à faire face aux vicissitudes du pouvoir avec un regard sagace, ne peut s'empêcher de céder à l'indignation. « Nous sommes environnés d'événements tragiques », explique-t-il sombrement à la duchesse (chap. 10). Et qui est mieux placé que lui pour savoir que Parme est un lieu de sourdes menaces et de mesures secrètes ? La symbolique tour Farnèse aux formes géométriques projette sur la souriante plaine d'Émilie une ombre kafkaïenne.

Le commentaire alarmant de Mosca correspond de toute évidence à l'opinion pessimiste de l'auteur. Tous deux partagent le même penchant à allier l'ironie à l'indignation. Dans le paragraphe qui mentionne la terreur du gouverneur Fabio Conti à l'idée qu'un prisonnier puisse lui échapper, Stendhal nous informe que ces prisonniers, enchaînés dans des cachots trop bas pour leur permettre de se tenir debout, font chanter à leurs frais un *Te Deum* pour célébrer la convalescence de leur geôlier. La citadelle devient un emblème d'avilissement et de déshumanisation sous le despotisme de l'État moderne. Derrière la tour de fantaisie se dessine la silhouette menaçante de la très réelle forteresse du Spielberg où des hommes comme Silvio Pellico et Maroncelli – certains d'entre eux étaient des amis de Stendhal – pourrissaient dans le *carcere duro*.

Inverser les sens

La satire politique n'exclut ni la compassion ni le goût de célébrer les êtres d'exception qui savent accepter les règles d'un jeu pervers sans se laisser corrompre. Une fois de plus, l'image de Don Quichotte s'impose en tant qu'éternel type de perdant glorieux. Le comte Mosca résume une de ses leçons de réalisme politique : « De tous temps les vils Sancho Pança l'emporteront à la longue sur les sublimes don Quichotte » (chap. 10). La satire politique, tout autant que la parodie de l'épopée, est une arme critique, mais aussi un instrument de poésie susceptible, par voie de contraste, de chanter les élans du cœur sans pour cela dégénérer en sentimentalité indisciplinée. Le rythme de *La Chartreuse* est celui de la musique chère à Stendhal, musique où se succèdent alternativement le brio enjoué et les moments d'abandon lyrique. La loi des contrastes devient en effet pour Stendhal une règle qui lui permet de protéger ses rêves les plus précieux. Dans la *Vie de Henry Brulard*, il explique son amour de l'Arioste : « Je ne puis être touché jusqu'à l'attendrissement qu'*après un passage comique.* » Et à la même page, comme pour montrer que nous ne sommes pas loin de sa musique préférée : « De là mon amour presque exclusif pour *l'opera buffa* [...]. Là seulement, dans l'*opera buffa* je puis être attendri jusqu'aux larmes »[6]. Ces remarques éclairent les nombreuses scènes de *La Chartreuse* où les effets comiques et la musicalité se répondent. Dans ce climat d'exception, le rire est au service des exigences du cœur.

Les paradoxes stendhaliens et les inversions apparentes de sens et de valeurs, qui caractérisent les thèmes politiques, sont en évidence aussi dans la désarmante immoralité qui règne dans le roman. Cette immoralité n'est pas limitée à l'adultère ou aux rapports quasi incestueux d'une tante avec son neveu ; elle affecte le comportement des personnages les plus captivants. Charles Maurras a appelé *La Chartreuse* un « charmant manuel de coquinologie politique[7] ». Or cette *coquinologie* n'est nullement bornée à la seule politique. Elle se fait jour dès le début du roman lorsque Fabrice, « ignorant à plaisir » et le moins appliqué de tous les élèves, obtient cinq premiers prix dans son collège jésuite tout simplement parce que sa tante est un personnage important à la cour du prince Eugène (chap. 1). Cette tante, à son tour, accepte d'épouser le vieux duc de Sanseverina, pour pouvoir occuper le plus beau palais de Parme, à proximité de son amant Mosca qui a arrangé ce mariage. Celui-ci se maintient au pouvoir par la flatterie et en exploitant la peur pathologique du prince. Quant au choix d'une carrière ecclésiastique pour Fabrice, quoi de plus cynique que les conseils et les projets de Mosca ?

> « ... je ne prétends pas faire de Fabrice un prêtre exemplaire comme vous en voyez tant. Non ; c'est un grand seigneur avant tout ; il pourra rester parfaitement ignorant si bon lui semble, et n'en deviendra pas moins évêque et archevêque, si le prince continue à me regarder comme un homme utile » (chap. 6).

Mosca qui joue un peu le rôle de père pour Fabrice (ou pour le moins celui d'oncle protecteur) est un de ces personnages entre deux âges, expérimenté et cynique, que Stendhal aime à placer auprès de ses jeunes héros idéalistes et inexperts. Cette tendance qui relève à la fois de l'autojustification et de l'autopunition aboutira à la figure caricaturale du docteur Sansfin, le bossu donjuanesque et machiavélique dans *Lamiel*. Dans *La Chartreuse*, l'image du subrogé père et conseiller est moins cruelle. Mosca connaît toutefois les angoisses qui viennent avec l'âge, aussi bien que les tourments de la jalousie. Il est surtout le diplomate avisé, le courtisan habile, le manœuvrier efficace au cœur tendre. Il sait que la politique n'est qu'un jeu (et qui s'aviserait de faire des objections aux règles d'un jeu ?) ; mais il sait aussi, avec tristesse, que le pouvoir absolu justifie et sanctifie tout, que protester ouvertement serait d'une grande imprudence.

Il ne s'ensuit pas que *La Chartreuse* soit un bréviaire d'immoralisme. Loin de là. À la place d'une éthique conventionnelle, une morale spéciale et très personnelle s'affirme, non pas morale selon les lois et les mensonges de la société, mais plutôt règles de conduite fondées sur la bonne foi et le respect de soi-même. Fait étonnant, ce sont les Mosca de ce monde, jouant aux cyniques et n'arrivant pas à se prendre au sérieux, qui savent dans leur intimité se façonner un code moral plus rigoureux que les préceptes confortables et profitables de la morale publique. Mosca se méfie des formules libérales et optimistes des arrivistes politiques. La prétention de chercher le bonheur du plus grand nombre lui semble la pire des duperies ou des impostures. Mosca se croit tout d'abord obligé de chercher le bonheur du comte Mosca. Stendhal s'empresse d'ajouter que Mosca est « plein d'honneur », que jamais il n'a dit un mensonge, du moins à la duchesse (chap. 16).

La morale en question, privée et gratuite, repose entièrement sur un code de l'honneur qui lie en toute liberté des êtres capables de s'estimer mutuellement. C'est la morale stendhalienne des « *happy few* » dont la première loi est de ne pas se mentir à soi-même. Stendhal ne saurait être plus clair. Parlant de la duchesse Sanseverina : « C'était surtout une femme de bonne foi avec elle-même » (chap. 6). Et c'est bien ce même code de l'honnêteté envers soi-même, l'horreur de toute pose et de toute tromperie intellectuelle, qui explique pourquoi Fabrice, après l'expérience de Waterloo, à l'encontre de tous ceux qui ne mettent jamais rien en doute, se demande s'il a réellement participé à une bataille, s'il a réellement été courageux.

C'est à cause sans doute de cette morale assez particulière que les plus grands admirateurs de Stendhal sont avant tout des « chartreusistes » fervents, qui reconnaissent dans ce roman l'essence même de la philosophie « beyliste », selon laquelle la vraie passion est l'apanage d'une élite. Le roman est en effet dédié « *TO THE HAPPY FEW* » – à ceux qui cultivent non seulement la passion, mais la pudeur de la passion et qui, tout en restant parfaitement lucides, aiment à être les victimes consentantes de leurs illusions.

La liberté de devenir

Des lecteurs peu sensibles à la poésie voilée de Stendhal, à son ironie, à ses bonds et pirouettes, chercheront à rendre compte de *La Chartreuse* du point de vue de l'histoire littéraire. Ils parleront de la genèse de l'œuvre, de mélange hétéroclite de sources et de sujets. Stendhal, c'est un fait, a transplanté les mœurs italiennes du XVIe siècle dans l'Italie de son époque ; il s'est servi de la chronique de la famille Farnèse, des mémoires de Benvenuto Cellini, des souvenirs de prison de Silvio Pellico et d'Andryane ; il s'est appuyé sur ses connaissances de l'histoire de la Renaissance, sur des parallèles anachroniques, sur ses expériences personnelles (Milan, l'armée de Napoléon, la politique contemporaine) et bien entendu sur des modèles littéraires. Parmi ces derniers, il faut compter Rousseau, mais aussi le cardinal de Retz, libertin audacieux et ennemi de Mazarin, qui avait animé la Fronde, et dont le vrai nom (Gondi) porte une ressemblance anagrammatique avec celui de Fabrice (Dongo), et qui, lui aussi fils cadet, avait entrepris une carrière ecclésiastique sans vocation religieuse, connut des aventures amoureuses en prison, réussit à s'évader, et termina sa vie remplie de péripéties dans la solitude d'un monastère[8]. Ce télescopage de vieilles chroniques, de mémoires, de sources littéraires, de faits historiques et d'une thématique très personnelle aurait pu aisément aboutir, sous la plume d'un écrivain moins génial, à un livre décousu et discordant.

Stendhal a parfois été accusé de perdre de vue la ligne directrice de son récit, de se complaire dans des digressions et des interventions qui diminuent l'intérêt de ses personnages. Des lecteurs qui s'en tiennent au sens littéral des choses ont pu se plaindre de certaines invraisemblances et de péripéties mélodramatiques. Avec beaucoup de sérieux, ils ont signalé des contradictions, des flottements, des exagérations[9]. Même la manière stendhalienne de traiter l'amour a pu décevoir des esprits chagrins.

La difficulté pour le lecteur dont l'esprit n'est pas encore accordé au ton et à la tournure d'esprit de Stendhal s'explique : ce que l'on convient d'appeler la « psychologie » des personnages et le réalisme des situations se trouve ici entièrement subordonné à une perspective poétique. Ce n'est pas une réalité psychologique préétablie qui détermine le mouvement du roman, mais ce mouvement qui construit, ou plutôt crée, une psychologie essentiellement mobile. Autrement dit, ce ne sont pas les concepts abstraits, les vérités toutes faites, qui mettent en mouvement les êtres et les choses.

L'amour, sujet stendhalien privilégié, ne se laisse pas non plus définir et classer. Nul déterminisme ne pèse sur ce que l'auteur conçoit comme un élan de l'imagination. Les réalités physiques sont pour ainsi dire absentes. La tyrannie du désir, l'intimité des amants, la satisfaction des sens, la tendresse préservée ou transformée après le plaisir sensuel partagé – rien de tout cela dans le monde romanesque de Stendhal. On n'y trouve non plus aucune trace de mysticisme des sens : pas de méditations voluptueuses sur le néant, pas d'exaltation de la beauté de la Méduse, pas de rêves d'orgies barbares. Aucune femme fatale, aucune tentatrice aux parfums riches et corrompus. La duchesse Sanseverina est plus proche de Phèdre que de Cléopâtre ou de Salomé. Quant aux rares scènes d'amour, elles sont soumises aux règles de la litote, et d'une retenue exemplaire. La scène d'amour la plus détaillée dans *La Chartreuse* se passe dans la cellule de la prison. Elle occupe exactement trois lignes.

> « Elle était si belle, à demi vêtue et dans cet état d'extrême passion, que Fabrice ne put résister à un mouvement presque involontaire. Aucune résistance ne fut opposée » (chap. 25).

L'acte physique est traduit en geste stylisé ; le rythme remplace la description et l'analyse.

Ce n'est pas par hasard que Fabrice et Clélia s'étreignent dans la cellule d'une prison. Mme de Rênal et Julien connaissent aussi des heures exquises dans un espace carcéral. L'amour difficile, peut-être même impossible, est au cœur du roman stendhalien. D'où les fréquentes images d'une proximité dans un lieu d'enfermement. D'où aussi une poésie du regard et de l'intimité à distance. Clélia et Fabrice découvrent la joie de communiquer par signes et alphabets secrets. Ce culte de l'obstacle et de la séparation aide à comprendre le vrai sens du vœu qu'à la fin du roman Clélia fait à la Madone de ne plus *revoir* Fabrice, alors qu'elle continue à le recevoir, mais dans l'obscurité la plus profonde pour ne pas avoir à le *regarder*.

Ce qui compte dans la mythologie stendhalienne de l'amour n'est ni l'intimité ni l'assouvissement, mais une tension de tout l'être, un désir qui est indifférent au moment présent, lui-même déjà en train de se défaire. Mais cette dynamique du désir crée tout de même des moments privilégiés. L'amour est pour les héros de Stendhal – parfois à leur insu – la grande affaire de leur vie. Ils pourraient tous répéter les paroles de Daphné dans l'*Aminta* du Tasse :

> « *Perduto è tutto il tempo*
> *Che in amar non si spende.* »
>
> (« Perdu est tout instant
> Qui n'est pas consacré à aimer. »)

Mais cette dépense d'énergie au service de l'amour ne se justifie que si elle engage pleinement toute la personnalité et demeure un projet dans les divers sens du mot. Si l'amour à la Stendhal ne célèbre jamais la possession, cela veut dire aussi que ses héros et ses héroïnes restent libres – ni possédés, ni dominés, ni trahis. Et c'est aussi pourquoi les paroles enchanteresses prononcées tout bas par Clélia, « Entre ici, ami de mon cœur », annoncent la fin du roman.

Quant à la prison où Clélia et Fabrice découvrent l'amour, et qui préfigure la cellule monacale où Fabrice se retirera, elle symbolise une libération spirituelle et le rejet des soucis et des ambitions de ce monde. La prison s'affirme ainsi comme bien plus qu'un décor tragique. Sa signification secrète est recelée dans le titre du roman. Les références aux prisons et les images d'incarcération remplissent du reste les pages de *La Chartreuse* dès le début, et ceci bien avant que Fabrice ne soit enfermé dans la tour Farnèse. Déjà au premier chapitre, il est question des patriotes italiens déportés aux bouches de Cattaro, et jetés dans des grottes pour y pourrir. Bientôt après, mention est faite du célèbre emprisonnement de Silvio Pellico au Spielberg. Fabrice lui-même sera jeté en prison dès qu'il aura atteint la frontière belge, en route pour Waterloo. Sur toute la première partie du roman plane la menace ainsi que le présage poétique d'autres prisons.

Présage poétique, car la prison est vécue de façon ambivalente dans l'œuvre de Stendhal. Elle est d'une part source de terreur et image de la tyrannie. Les références négatives abondent. Le général Pietranera est injustement jeté en prison (chap. 2) ; l'abbé Blanès avertit Fabrice qu'il finira ses jours dans une cellule (chap. 4) ; la menace d'emprisonnement pèse sur le héros dès son retour de Waterloo (chap. 5) ; la citadelle de Parme, haute de cent quatre-vingts pieds, est « la terreur de toute la Lombardie » et seul un « miracle » peut faire qu'on se souvienne des prisonniers politiques qui y languissent (chap. 6) ; des visions cauchemardesques de lourdes chaînes, de jambes gangrenées et d'emmurement perpétuel font venir « une sueur froide » au front de Fabrice (chap. 9, 10). « Tout vaut mieux que le Spielberg », se dit Fabrice en pensant à la forteresse en Moravie où Silvio Pellico et Maroncelli avaient tant souffert pendant des années. Bientôt Fabrice connaîtra lui aussi la prison. Il est arrêté, soumis à l'humiliation de menottes, de chaînes et de la brutale insolence du commis geôlier Barbone (chap. 15).

Mais d'autre part, la terreur de Fabrice se transforme en un mystérieux sentiment de joie. Tout se passe comme si une nostalgie secrète de la prison exaltait Fabrice, et conférait à l'emprisonnement un prestige singulier. Les prédictions d'une terrible prison annoncent en fait une destinée très spéciale. L'abbé Blanès interprète l'emprisonnement de Fabrice à la veille de la bataille de Waterloo comme un très bon signe, un « rare bonheur ». La cellule de moine où Fabrice finira ses jours est très clairement préfigurée durant son bref séjour au haut du clocher de l'abbé Blanès, comme est préfigurée dans ce même chapitre la poésie de l'obscurité (Blanès ordonne expressément à Fabrice de ne pas chercher à le revoir « de jour ») et la notion d'une altitude spirituelle (chap. 8). Le clocher de l'abbé Blanès, qui sert aussi d'observatoire astrologique, semble s'élever vers le firmament. Au haut de ce clocher (où il s'imagine être « en prison »), Fabrice éprouve « les sentiments les plus élevés », le bonheur du moment le portant à une « hauteur de pensées » qui le surprend lui-même (chap. 9).

Le clocher de l'église devient ainsi pour Fabrice, du moins pendant quelques heures inoubliables, une prison aérienne et protectrice. Il y connaît l'intense satisfaction de voir sans être vu. Les prisons stendhaliennes sont en effet pour la plupart des lieux élevés et intimes, offrant de belles échappées de vue. L'image que se fait Fabrice du bonheur est d'ailleurs spontanément liée dans son esprit, et ceci dès le début du roman, à l'idée d'emprisonnement. À sa première rencontre avec Clélia Conti aux portes de Milan, sa réaction immédiate annonce l'expérience de la prison d'amour. « Ce serait une charmante compagne de prison... quelle pensée profonde sous ce front ! elle saurait aimer » (chap. 5). L'ambivalence de la prison-terreur et de la prison heureuse ressort de nouveau plus tard, lorsque Clélia elle-même, remplie de pitié pour la « solitude affreuse » de Fabrice dans sa geôle, mais songeant à la passion de la duchesse Sanseverina pour son neveu, imagine à quel point celui-ci se sentirait consolé dans sa prison en se sachant aimé à tel point (chap. 15).

Les images carcérales « positives » sont du reste les plus nombreuses. Le rêve du prisonnier est plus puissant que la peur de la prison. Même la Sanseverina, curieuse de visiter la tour Farnèse par un jour de chaleur accablante, est ravie en atteignant le sommet par la fraîcheur de l'air et par le sens d'élévation (chap. 6). En montant les trois cent quatre-vingts marches qui mènent au sommet de la tour prodigieuse,

Fabrice ne pourra songer qu'à l'expression du regard de Clélia lors de son arrestation. Quant à Clélia, elle jouit au sommet de la forteresse de la « liberté du couvent » et des plaisirs exquis de sa « chère solitude » (chap. 15). En prison, adonné lui aussi à sa « vie intérieure », Fabrice n'a pas le temps de penser à son malheur. Il subit d'ailleurs une étrange transformation. L'incarcération qu'il craignait par-dessus tout le laisse à présent indifférent. Il se surprend lui-même à rire dans une prison (chap. 18). « De la vie je ne fus aussi heureux !... N'est-il pas plaisant de voir que le bonheur m'attendait en prison ? » (chap. 19). Et comme pour donner à la prison son plein sens symbolique, le gouverneur de la forteresse fait installer des abat-jour énormes devant les fenêtres de Fabrice, ne laissant au détenu « que la vue du ciel » (chap. 18). Le cauchemar de la forteresse se transforme en allégorie de l'évasion.

Ce que Fabrice découvre en découvrant un moi inconnu de lui, c'est le secret d'une captivité heureuse qui, selon l'expression de Georges Blin, représente pour le héros stendhalien un « préservatif » contre toutes les influences nocives[10]. Cette protection du moi, ressentie comme une « secrète joie » (chap. 18), peut aussi se concevoir comme une renaissance (Fabrice passe exactement neuf mois en prison). Ce renouveau en Fabrice semble indiquer un processus de spiritualisation. « Fabrice était entièrement changé » (chap. 22). La fin souriante et infiniment triste du roman décrit en effet un esprit désormais libéré des soucis de ce monde. Et le point d'orgue de la dernière phrase, une des phrases les plus énigmatiques que Stendhal ait écrites, projette au-delà du roman la mélancolie des demi-vérités et la tristesse d'un monde maintenant vidé de son sens et de sa beauté.

> « Les prisons de Parme étaient vides, le comte immensément riche, Ernest V adoré de ses sujets qui comparaient son gouvernement à celui des grands-ducs de Toscane. »

Comme pour souligner l'aspect sibyllin et amèrement ironique de cette dernière phrase, c'est tout de suite après – et non au début du roman – que Stendhal a placé sa dédicace : « *TO THE HAPPY FEW* ».

Dans les ultimes chapitres, tout semble se retirer et s'évanouir. Clélia disparaît par degrés ; son image délicate présente la *morbidezza* que Stendhal aimait tant dans les peintures du Corrège. Quant à Fabrice, il semble littéralement se désincarner. Accablé par une profonde mélancolie, de plus en plus insensible à tout ce qui l'entoure, n'ayant plus d'autre désir que de se faire chartreux, il atteint à sa vraie beauté dans sa maigreur d'anachorète. Lorsque Clélia, après son mariage avec le marquis Crescenzi, revoit ce Fabrice transfiguré, elle est immensément émue par l'expression de ce visage qui semble ne plus appartenir à ce monde (chap. 26).

Il ne serait pas excessif de dire que la prison restitue les héros stendhaliens à eux-mêmes, ou plutôt qu'elle leur offre la possibilité de se découvrir, et même de se créer. La prison les soustrait aux servitudes de la société. Julien Sorel, nous le savons, conçoit lui aussi sa liberté en prison ; son unique plainte c'est qu'on ne peut pas fermer sa cellule de l'intérieur. Et toujours le rêve de la prison et le rêve du prisonnier sont associés à l'élévation et aux vastes panoramas. Dans une elliptique leçon de littérature donnée à Albertine dans « La prisonnière », le narrateur de Proust définit la vision de Stendhal comme « un certain sentiment de l'altitude se liant à la vie spirituelle[11]. » On songe en effet aux nombreux lieux élevés où les héros de Stendhal découvrent la sérénité : le rocher de Julien, le donjon gothique à Besançon, le clocher de l'abbé Blanès, la cellule de la forteresse près de Parme. L'isolement et l'altitude donnent naissance aux plus intenses moments poétiques. Les murs de la prison deviennent les symboles mêmes de la vie intérieure.

L'unité artistique de *La Chartreuse* n'est pas de nature « documentaire » ou « analytique » dans le sens habituel de ces termes. Le mot « réalisme » s'applique mal lui aussi à un auteur dont l'œuvre, tout particulièrement dans ce roman, est de nature à la fois ludique et passionnée. Ce qui passe pour la psychologie des personnages reste fluide et imprévisible, sujet non à une logique d'action mais aux thèmes de la liberté. Car il n'existe pas de définitions préalables des personnages chez Stendhal. Si Fabrice paraît inachevé et un peu creux au début, s'il semble se définir par ce qu'il n'est pas encore devenu, c'est que l'auteur refuse de l'enfermer dans une hypothétique « essence ». Un certain vide demande à être comblé par des actes. À l'encontre de Balzac, Stendhal nous propose des personnages de roman qui ne semblent pas prédéterminés. L'importance accordée au choix et à l'action imprévue, l'indifférence à l'égard de ce qui pourrait lier et déterminer, expliquent sans doute pourquoi Stendhal a été tant apprécié par la génération « existentialiste ». Lui aussi a pour grand thème la liberté – liberté découverte dans l'amour, dans la prison même, mais surtout grâce aux surprises ressenties par les protagonistes en se regardant vivre.

Au lieu de définir ses personnages, Stendhal leur accorde (leur impose même) la possibilité de se découvrir. Ses procédés ironiques, ses interventions, ses désaveux, ses feintes surprises, semblent les pousser à se chercher eux-mêmes. L'aventure de Fabrice lui offre d'un bout à l'autre des révélations sur lui-même. Il se voit en engagé volontaire, il se voit ivre, il se voit en soldat qui ne s'est pas battu, il se voit dans une succession de rôles – et chaque rôle qu'il assume et qu'il observe devient un moyen de se connaître. Une véritable rhétorique de la surprise souligne ces découvertes. Les mots « découverte » et « surprise » reviennent avec insistance. Lorsque Fabrice se rend compte qu'il est amoureux de Clélia, l'auteur explique qu'il a enfin fait cette « découverte ». Les tournures interrogatives des nombreux monologues intérieurs suggèrent également que l'acte et l'expérience précèdent la connaissance. « Ceci est-il une prison ? », « Est-ce là ce que j'ai tant redouté ? », « Suis-je un héros sans m'en douter ? », « Peut-être que j'ai un grand caractère » (chap. 18). La morale beyliste, la fameuse morale *de soi à soi*, dépend en fait de cette inquiétude qui accompagne la recherche d'une identité fuyante.

La Chartreuse de Parme est avant tout le roman d'une quête, à laquelle contribuent les divers éléments du livre : la soif d'aventures, les thèmes du voyage et de la guerre, le mythe du « faux » père désavoué et du père le remplaçant, l'apprentissage du monde qui en réalité est l'apprentissage que le héros fait de lui-même et de ses possibilités, leçon d'une liberté difficile. Le temps, dans les romans de Stendhal, n'est pas prisonnier de la nécessité. À l'obsession romantique d'une auto-analyse paralysante, Stendhal oppose cette autre obsession, romantique elle aussi, d'un devenir continu et d'une séduisante disponibilité de l'individu.

Une tonalité troublante se dégage en fin de compte de l'œuvre de Stendhal. Devant ce *moi* qui toujours lui échappe, Stendhal éprouve un malaise qui se rapproche de l'angoisse. La liberté, on nous l'a assez dit, n'est pas facile à vivre. Dans ses textes autobiographiques, Stendhal ne cesse de s'interroger sur lui-même et sur son passé afin de se déchiffrer – mais en vain. On n'arrive pas à se posséder. Les heures d'insomnie consacrées aux questions « Que suis-je ? », « Qu'ai-je été ? » restent sans réponse. L'œil a besoin d'un miroir pour se regarder.

Mais le miroir qu'est l'œil de l'« autre », Fabrice et tous les personnages de Stendhal le savent bien, est un regard hostile et ennemi de notre liberté. L'amour et la crainte de la liberté s'entremêlent de la sorte, comme aussi l'amour et la crainte de *découvrir.* Voilà peut-être la raison de cette délicate ombre stendhalienne qui vient couvrir pudiquement les heures et les émotions les plus mémorables. Vouloir à la fois cacher et révéler ce que l'auteur n'arrive pas lui-même à pénétrer pleinement, ne serait-ce pas le secret de la création stendhalienne ? Car derrière le sourire de Stendhal, derrière le mouvement et l'ardeur de son roman, il est permis de deviner les émotions complexes d'un esprit tout ensemble attiré et attristé par les mystères de la personnalité, et qui trouve difficile de se regarder vivre autrement qu'à travers le miroir de la création littéraire.

ÉPILOGUE

MASQUES ET VOCATION DE LA SOLITUDE

« Elle était bien loin de pouvoir juger elle-même et les autres. » L'héroïne de *Lamiel*, le roman auquel Stendhal travaillait au moment de sa mort, prolonge la lignée de protagonistes qui se cherchent et s'interrogent. Lamiel, une jeune fille d'origine paysanne, mais éveillée par les livres et les idées, se sent troublée par son manque d'expérience, mais plus encore par l'imprévisibilité de son caractère. La tournure interrogative de son esprit (« Suis-je insensible à l'amour ? ») correspond au besoin de se mettre à l'épreuve et de s'observer avec un détachement clinique. Lamiel n'hésite pas à engager et à payer son ravisseur. Ce n'est pourtant pas la sensation du moment qui compte. Lamiel aspire au pouvoir libérateur de comprendre et de juger. Son esprit analytique fait qu'elle ne cesse de vouloir « raisonner sur tout ce qui lui était arrivé » [1].

L'intrigue telle que nous la connaissons d'après les parties rédigées, les notes et les esquisses, laisse voir un personnage encore plus audacieusement conçu que Julien Sorel. Lamiel, jeune plébéienne en révolte, met en question toutes les valeurs et sonde l'hypocrisie de la société. À l'instar de Julien, elle apprend à dissimuler pour mieux s'affirmer. Sous l'influence d'un mentor cynique et plein de ruse, elle se considère émancipée et exempte de tout préjugé, méprise les faibles, se sent portée à tout excès, y compris le crime. Selon les projets de Stendhal, elle devient la compagne d'un fameux bandit, et finit par mourir dans l'incendie du Palais de justice allumé par elle-même. « Les crimes l'intéressaient », commente froidement Stendhal. Tôt dans sa vie, Lamiel admire déjà les hors-la-loi énergiques. Son goût du crime ne doit cependant pas être imputé à un désir naïf de sensationnalisme. Il s'agit plutôt pour elle d'assumer pleinement son propre potentiel troublant. Stendhal pousse la notion de « disponibilité » à son extrême limite. Ce qui lui aurait sans doute été difficile de maintenir jusqu'au bout. Quoi qu'il en soit, l'importance accordée dans *Lamiel* à tout ce qui est projet et acte provocateur révèle un Stendhal qui ne cesse d'explorer des voies assez imprévues.

« Étonnant de modernisme » – c'est le jugement porté par Jacques Rivière sur *La Chartreuse* dans une lettre à son ami Alain-Fournier[2]. La modernité de Stendhal reste en effet frappante. Fait remarquable aussi, cette modernité a impressionné des générations successives de lecteurs venus de bords très différents, y compris Taine, Paul Bourget, Léon Blum, Charles Du Bos, Albert Thibaudet, André Gide, et plus récemment la génération existentialiste, puis celle du *nouveau roman*. Ces esprits ont à vrai dire peu en commun, excepté peut-être leur ferveur stendhalienne, quoique pour des raisons fort diverses. Un mythe de Stendhal s'est ainsi progressivement formé, qui à lui seul constitue un chapitre curieux de l'histoire littéraire depuis le milieu du XIXe siècle. Ses premiers adeptes voyaient en lui un grand maître de cynisme. Taine et ses amis de l'École normale admiraient la précision et le rationalisme du disciple de Condillac. Zola et les naturalistes estimaient sa leçon de réalisme. La génération de Barrès et de Bourget vénéraient en lui le poète de l'énergie. Léon Blum fut le grand interprète du beylisme. Quant au Stendhal tendre et lyrique, il a été la découverte du XXe siècle. Plus proche de nous encore, se profile un Stendhal à la fois fasciné et troublé par l'image que lui renvoie le miroir autobiographique. Ces générations d'admirateurs, malgré leurs réactions divergentes, s'accorderaient toutefois à reconnaître en Stendhal un auteur plus « contemporain » que Balzac ou Hugo, bien qu'il fût leur aîné d'une vingtaine d'années.

Quel est le secret de cette fraîcheur et de cette proximité de Stendhal ? C'est d'abord une question de ton. Stendhal méprise la rhétorique sentimentale et les amplifications à la mode, qu'il condamne sous la rubrique générale d'« emphase ». Lui-même cultive la litote, préférant suggérer les émotions plutôt que de les déclarer avec pompe. Son style et son ton demeurent à la fois incisifs et pudiques, passionnés mais empreints d'ironie. Et voilà sans doute aussi le secret de cette ironie qui fonctionne non pas tant pour provoquer ou livrer combat, que pour protéger une sensibilité toujours inquiète. Stendhal convertit l'ironie militante de ses maîtres rationalistes en instrument de poésie. Cette retenue émotive satisfait le lecteur d'aujourd'hui ; elle correspond à ce qui dans notre façon de sentir désavoue toute expression hyperbolique. Car nous sommes facilement indisposés par la grandiloquence, même lorsque nous restons fidèles en profondeur à un certain héritage romantique. À bien des égards, Stendhal incarne par anticipation les réticences, les tensions internes et les contradictions de notre époque.

Le ton très spécial de Stendhal est en rapport étroit avec un ensemble d'attitudes : aversion pour l'inauthentique, conscience des limites du langage, mépris de ce qui est creux et prétentieux, révolte contre toutes les formes d'hypocrisie et d'oppression. C'est le ton d'un homme qui a pris la mesure des réalités morales et politiques, qui voit bien que tout ordre social implique des bassesses et même des ignominies, et qui, tout en acceptant les règles du jeu, ne se sent jamais entièrement à l'aise. La manière de Stendhal n'est pas celle de l'insurrection, mais tout de même celle d'un esprit en état permanent d'insoumission et de résistance. Elle affirme surtout la priorité des valeurs individuelles et d'une pensée qui exalte le privé.

Cet anticonformisme généralisé sous-tend également la conception de ses personnages qui poursuivent tous un rêve très personnel. Ses héros sont remarquablement autonomes. Observateurs ironiques, ils sont eux-mêmes ironiquement observés. Mais aucune ficelle, aucun lien ne les réduit à l'état de pantin ou de victime. Ils paraissent au contraire condamnés à chercher librement leur propre « réalité ». Cette réalité reste cependant évasive. Dans le contexte stendhalien, toutes les catégories et notions préétablies sont par avance suspectes. En inventant l'expression « le génie du soupçon » – expression qui a pu inspirer Nathalie Sarraute (« l'ère du soupçon ») pour caractériser la sensibilité moderne – Stendhal voulait sans doute dire que rien dans notre culture inflationniste ne devait être pris pour argent comptant, que le danger de contrefaçon se cachait derrière chaque geste et chaque affirmation. Comment alors écrire avec sincérité ? Comment être sûr de ne pas être dupe, de ne pas se leurrer ? Bien avant André Gide et d'autres romanciers du XXe siècle, Stendhal se méfiait des « idées » dans le roman. Flaubert a dénoncé l'invasion des clichés et des fausses valeurs que le langage met en circulation. Mais Stendhal avait déjà entrevu, au seuil de l'époque des idéologies, la menace que représentent les faux-monnayeurs de notre société. D'où son goût pour la « *logique* » émancipatrice, et pour toute forme d'insubordination.

Stendhal met en question toute expérience (« Ai-je réellement assisté à une bataille ? » se demande Fabrice à Waterloo), comme il met en question toute conclusion. Sa notion du réel reste mouvante, versatile. Son évolution vers le genre du roman semble correspondre à la progressive conviction que la « vérité » ne saurait être approchée qu'en jouant avec les possibilités, en projetant le vécu inassimilé, et peut-être inassimilable, vers des hypothèses romanesques et poétiques. De l'autobiographie à la fiction, le rapport n'est pas simplement génétique : les personnifications offrent à Stendhal le moyen de se chercher. Le déguisement lui permet de se découvrir. Le masque lui sert non à s'esquiver, mais à se révéler à lui-même.

Cette disposition à la mobilité permet aussi à Stendhal de se montrer sensible à tout ce qui oppose les intérêts collectifs aux valeurs privées. Nulle appréciation de Stendhal ne peut négliger le contexte historique et social. Ses années de formation se situent à un tournant de l'histoire à partir duquel les exigences du pouvoir central et les aspirations à la liberté individuelle deviennent réellement inconciliables. L'aspect le plus moderne peut-être de l'œuvre de Stendhal est la prise de conscience qui s'en dégage de l'assujettissement de l'individu à un despotisme collectif qui rend l'idée de liberté politique de plus en plus illusoire. Penser que la liberté puisse être obtenue par une révolution politique est peut-être la plus grande des chimères. Ce qui importe à Stendhal dans un monde hostile à toute attitude réfractaire, c'est de sauvegarder, par tous les moyens et malgré toutes les contraintes, un espace exclusivement à soi. Mais pareille sauvegarde ne peut s'effectuer que si tous les impératifs, et particulièrement ceux qui se veulent au service de systèmes et d'expédients politiques, sont défiés ou subvertis. Il ne s'agit pas d'anarchie, mais d'autodéfense légitime. Stendhal est probablement le premier écrivain européen à avoir pleinement compris que l'intelligence pouvait être à la fois un instrument de critique et une cause d'aliénation. Mais cette aliénation est de nature poétique. Julien Sorel, de par sa destinée de prisonnier, a plus d'un point en commun avec l'*étranger* de Camus : la société les condamne tous deux pour avoir refusé de jouer le jeu ; et pourtant, dans leur refus même, et malgré leur acte criminel, ils trouvent la dignité et une sorte de salut.

L'image de la prison s'avère cruciale dans l'œuvre de Stendhal. Elle constitue à la fois une condamnation de l'ordre social et une figure poétique de liberté individuelle. Elle représente aussi la métaphore où s'entrecroisent les signifiés politiques et psychologiques. La fusion complexe de ces motifs en apparence conflictuels dénote un réalisme qu'il ne faut pas confondre avec de simples effets de réel. Stendhal ne s'intéresse guère aux surfaces et aux inventaires. Il préfère traduire et interpréter, parfois de façon énigmatique. Mais ce faisant, il offre une analyse subtile et véridique des heurts de plus en plus alarmants entre l'individu et la société.

Les réactions de Stendhal aux conflits qu'il perçoit ne sont jamais simplificatrices. D'une part, il considère l'histoire comme la grande tragédie moderne – une nouvelle forme d'oppression, collective et anonyme. Né quelques années avant l'écroulement de l'Ancien Régime, il fut enfant lors des grands bouleversements politiques, adolescent sous le Consulat, militaire et administrateur sous l'Empire, homme de lettres et dilettante sous la Restauration, consul sous la monarchie de Juillet. Toute son existence se place sous le signe de la révolution, des antagonismes et du changement. Peu d'écrivains ont eu un sens aussi aigu de l'accélération de l'histoire. Plus rares encore sont ceux qui comprirent aussi clairement qu'il fallait de nouvelles formes de résistance pour s'opposer aux nouvelles formes de tyrannie. Car il devenait futile de vouloir se révolter ouvertement contre des tyrannies idéologiques, voire totalitaires. D'autres formes de courage étaient requises, notamment celui de camoufler ses convictions secrètes afin de mieux les préserver. Déjà dans son enfance, Stendhal avait compris que le mensonge était l'arme des esclaves. Il aurait sûrement adhéré à l'idée que les intellectuels vivant sous des régimes oppressifs doivent apprendre à parfois dire « oui » pour pouvoir continuer à penser « non ».

Mais d'autre part, Stendhal ne se contente pas de protéger

son indépendance d'esprit. Poursuivre la liberté n'est pas uniquement une entreprise consistant à dévoiler les vices et la cruauté de toute oppression. Les romans de Stendhal comportent aussi un engagement, ou plutôt une quête que l'on peut qualifier d'« éthique ». Sa morale de la liberté ne se réduit pas à une aventure d'insoumission. Le besoin de gagner sa propre estime et la crainte du regard envahissant d'autrui – véritables obsessions beylistes – ne sont pas de simples manifestations de narcissisme. Ils participent d'une même poétique de l'intégrité qui, dans presque chaque cas, engage les héros stendhaliens sur une voie qui les mène à sacrifier leurs ambitions prosaïques.

Même dans ses écrits non romanesques, les structures sous-jacentes aux thèmes de la liberté relèvent du roman et leur confèrent une résonance poétique. L'œuvre de Stendhal unit de façon singulière la perspective rationaliste des idéologues, ses maîtres, et la vision fortement subjective de l'« égotiste ». C'est pourquoi toute tentative de lire ses romans comme autant d'illustrations de ses théories ne peut manquer de trahir son art. Il est vrai que ses écrits peuvent paraître excessivement personnels. Il est vrai aussi que Stendhal n'est pas le créateur d'un « monde » romanesque à la manière d'un Balzac, d'un Dickens, ou d'un Proust. Mais bien qu'il fût poussé par une impulsion essentiellement autobiographique, c'est précisément cette optique de l'autobiographe qui lui permet de se séparer de son moi pour le recréer librement par la fiction. L'auteur adolescent du *Journal* et d'autres écrits intimes se trouve de la sorte absorbé et largement dépassé par le romancier. Car la fiction permet non seulement de transposer et d'interpréter l'expérience, mais elle établit en des termes imaginaires le rapport tendu entre nécessité et liberté.

Paul Valéry, lecteur passionné de la *Vie de Henry Brulard* et des *Souvenirs d'égotisme*, qu'il disait préférer aux romans, notait que la conscience de Stendhal était un théâtre, que l'auteur du *Rouge* et de *La Chartreuse* brûlait tellement d'être lui-même en scène qu'il ne pouvait s'empêcher de priver ses personnages de leur premier moteur pour monter à tout moment sur son « tréteau privé »[3]. Ce que Valéry, avec quelque préjugé contre le roman, refusait peut-être d'apprécier, c'est que la *présence* perpétuelle de Stendhal dans ses œuvres romanesques, ses prétendues surprises devant ses propres créatures, ainsi que la priorité de l'écriture sur les données d'une intrigue, libéraient l'auteur des contraintes d'une impersonnalité factice, tout en accordant à ses personnages l'autonomie et l'imprévisibilité indispensables au développement de ses thèmes les plus sérieux.

Il en va de même des structures temporelles et affectives. Tous les romans de Stendhal mettent à l'épreuve des héros très jeunes, presque des adolescents, dont le caractère doit encore être formé. Le temps ne leur a pas encore imposé un masque rigide, ni érodé leur volonté de devenir. D'une certaine manière, le temps apparaît même réversible : la mémoire affranchit l'autobiographe aussi bien que les personnages d'un déterminisme temporel implacable en leur offrant la possibilité d'une invention à rebours. La cellule de la prison en vient ainsi à représenter l'évasion, car c'est là, entre quatre murs, que la mémoire affective et involontaire permet au héros stendhalien de récrire et même d'inventer le passé.

La passion elle-même perd toute trace d'un sens passif dans les romans de Stendhal. Projet plutôt que soumission, désir irréalisable plutôt que réalité corruptible, l'amour lui aussi correspond à un dépassement de l'ordre temporel. Les grandes félicités de l'amour sont découvertes derrière les murs austères d'une prison. Au terme de leur itinéraire, Julien Sorel et Fabrice del Dongo, libérés de toute contrainte et de toute ambition, s'élèvent à une hauteur que l'on pourrait qualifier de spirituelle.

Cette liberté et cette élévation d'esprit que la proximité de la mort accroît ne vont toutefois pas sans une certaine tristesse. La métaphore de la prison qui confère aux deux grands romans de Stendhal leur qualité de haute poésie invite à rêver de liberté, mais dit aussi que la liberté reste le rêve du prisonnier, et que la vraie vocation des protagonistes est la solitude.

NOTES ET RÉFÉRENCES

1. LES TENTATIONS DE L'AUTOBIOGRAPHIE

[1] *Mélanges intimes et marginalia*, Paris, Le Divan, 1936, II, p. 277.

[2] Jean Starobinski, « Stendhal pseudonyme », dans *L'Œil vivant*, Paris, Gallimard, 1961, pp. 193-196. Voir aussi les belles pages de Michel Crouzet sur le combat contre le père et le rêve d'être né de soi-même (*La Vie de Henry Brulard ou l'Enfance de la révolte*, Paris, José Corti, 1982).

[3] Lettre du 21 novembre 1835.

[4] Michel Crouzet (*op. cit.*, p. 15) signale à juste titre que Stendhal est fier aussi d'être resté identique à l'enfant qu'il fut. On trouve en effet des phrases comme : « ... tel j'étais à dix ans tel je suis à cinquante-deux » ; « Tel j'étais en 1799, tel je suis encore en 1836 » ; « *I am* encore *in* 1835 *the man* of 1794 ». Mais ces phrases sont moins fréquentes que celles où il insiste sur l'altérité.

[5] Béatrice Didier, dans sa préface à la *Vie de Henry Brulard*, (Paris, Gallimard, 1973), note la place tout à fait exceptionnelle que tient le dessin dans l'écriture de cette autobiographie. On se reportera aussi à son importante étude, *Stendhal autobiographe*, Paris, Presses Universitaires de France, 1983.

[6] Pour le numérotage des chapitres, je renvoie à l'édition de la Pléiade établie par V. del Litto (Stendhal, *Œuvres intimes*, Paris, Gallimard, 1982, vol. II).

[7] Gilbert Durand, *Le Décor mythique de la Chartreuse de Parme*, Paris, José Corti, 1961, p. 126.

[8] Voir les riches observations de Michel Crouzet sur le parricide, la stratégie antifamiliale, la recherche d'un autre père (*op. cit.*, pp. 13, 24, 31, 121, et *passim*).

9 Gilbert Durand, *op. cit.*, p. 47.
10 Se reporter à l'ouvrage fondamental de Georges Blin, *Stendhal et les problèmes du roman*, Paris, José Corti, 1954.

2. L'apprentissage du roman

1 Ce projet d'article que le comte Salvagnoli avait l'intention d'utiliser pour parler du roman de Stendhal dans la revue *Antologia*, et qui n'est pas paru, a été reproduit par Henri Martineau dans son édition du *Rouge et le Noir*, Paris, Garnier, 1939, pp. 509-527.
2 Voir les textes présentés par Henri Martineau sous le titre « La Comédie est impossible en 1836 », dans Stendhal, *Mélanges de littérature*, Paris, Le Divan, 1933, III, pp. 417-441.
3 *Pensées, Filosofia nova*, Paris, Le Divan, 1931, I, pp. 22, 92, 120, 123, 153, 170, 201, 226, 237, 245, 246-247, 250 ; II, pp. 58-59, 64, 66, 118, 179-180, 200.
4 Jean Prévost, *La Création chez Stendhal*, Paris, Mercure de France, 1951, pp. 93-103.
5 *Œuvres intimes*, Bibliothèque de la Pléiade, Paris, Gallimard, 1981, pp. 678, 700.
6 Stendhal, *Voyages en Italie*, Bibliothèque de la Pléiade, Paris Gallimard, 1973, p. 139.
7 Longtemps enfouis dans les périodiques anglais, la plupart de ces articles ont été publiés par Henri Martineau sous le titre de *Courrier anglais*, Paris, Le Divan, 5 vol., 1935-1936.
8 Jean Prévost parle admirablement de cette revanche imaginaire, « ce rêve de compensation qui succède à la douleur de l'échec » (*op. cit.*, p. 246).
9 Fragment 66 dans l'édition du Divan, 1957, p. 233.
10 *Œuvres intimes*, Bibliothèque de la Pléiade, Paris, Gallimard, I, pp. 1008-1010.
11 *Ibid.*, I, pp. 1059-1072. Le titre complet de ce texte rédigé en collaboration avec Louis Crozet est « Consultation en faveur de la Duchesse de B*** pour Banti ».
12 *Histoire de la peinture en Italie*, Paris, Le Divan, 1929, I, pp. 24-33, 168.
13 *Rome, Naples et Florence*, dans *Voyages en Italie*, Bibliothèque de la Pléiade, Paris, Gallimard, 1973, p. 37.
14 *Lucien Leuwen*, Paris, Champion, 1927, II, p. 441 ; *Mélanges intimes et marginalia*, Paris, Le Divan, 1936, II, p. 281. Et aussi

Lucien Leuwen, Le Livre de Poche, 2007, pp. 290, 298. Sur les parallélismes entre les lettres à Métilde Dembowski et *Lucien Leuwen*, voir Victor Brombert, *Stendhal et la voie oblique*, Paris, Presses Universitaires de France, 1954, pp. 116-127.

15 *Mélanges de littérature*, Paris, Le Divan, 1933, pp. 15-27 (ces pages, probablement écrites vers 1824, sont simplement intitulées « Roman » dans le manuscrit de Stendhal) ; *De l'amour*, Paris, Le Divan, 1957, pp. 320-343. Cette petite nouvelle est parue en Complément à *De l'amour* dans l'édition de Michel Lévy (1853). Ces deux textes ont été reproduits par V. Del Litto dans son édition de *De l'amour*, Folio, Gallimard, 1980, pp. 368-398, 471-476.

3. *Armance* ou l'estime de soi

1 *Mélanges intimes et marginalia*, Paris, Le Divan, 1936, II, p. 71.

2 Voir F. W. J. Hemmings, *Stendhal : A Study of His Novels*, Oxford, The Clarendon Press, 1964, p. 63. Hemmings suggère que l'intrigue d'*Armance* est presque identique à celle d'une pièce de théâtre inachevée, *Les Deux hommes* (1803-1804), que Stendhal aurait envisagée comme une sorte de « *obstacle course* ».

3 Voir en particulier les développements très intéressants de Georges Blin dans « Étude sur "Armance" », Introduction à *Armance*, Paris, Éditions de la Revue Fontaine, 1946, pp. LX-LXXVIII.

4 Pour une discussion plus étendue des interventions ironiques dans *Armance*, voir Victor Brombert, *Stendhal et la voie oblique*, Paris, Presses Universitaires de France, 1954, pp. 6-10.

4. *Le Rouge et le Noir* : les ambivalences de la liberté

1 Prosper Mérimée, *Lettres à Stendhal*, Paris, Le Divan, 1947, I, p. 221 ; Balzac, *Œuvres diverses*, Paris, Conard, 1938, II, pp. 114-115 ; T.S. Eliot, « Beyle or Balzac », *Athenaeum*, 4648, 30 mai 1919, p. 393.

2 Pour une analyse plus détaillée de ce passage, voir Victor Brombert, *Stendhal et la voie oblique*, Paris, Presses Universitaires de France, 1954, pp. 20-21.

3 Jean-Pierre Richard, « Connaissance et tendresse chez Stendhal », dans *Littérature et Sensation*, Paris, Éditions du Seuil, 1954, pp. 17-116.

4 Voir l'Appendice au *Rouge et le Noir*, Paris, Éditions Garnier, 1939, pp. 514, 525.
5 *Vie de Henry Brulard*, dans *Œuvres intimes*, Bibliothèque de la Pléiade, Paris, Gallimard, 1982, II, pp. 703-705.
6 Voir l'Appendice au *Rouge et le Noir*, *op. cit.*, pp. 515, 521.
7 Pour des commentaires sur le rôle politique de la pièce de Molière sous la Restauration, voir Louis Aragon, *La Lumière de Stendhal*, Paris, Denoël, 1954, pp. 66-78.
8 *Courrier anglais*, Paris, Le Divan, 1935-1936, I, pp. 184-185.
9 *Œuvres intimes*, *op. cit.*, II, p. 936.

5. *Lucien Leuwen* : le héros en quête d'un caractère

1 Voir *Lucien Leuwen*, Paris, Champion (éd. Henry Debraye), 1927, II, pp. 418, 441 ; *Mélanges intimes et marginalia*, éd. Henri Martineau, Paris, Le Divan, 1936, II, p. 281. Et aussi dans les notes marginales reproduites dans l'édition de *Lucien Leuwen*, texte établi, présenté et annoté par Michel Crouzet, Le Livre de Poche, 2007, pp. 255, 290, 298. Je désignerai cette édition par les initiales *LP*.
2 Voir l'édition Champion de Henry Debraye déjà mentionnée ; l'édition d'Henri Rambaud, Paris, Bossard, 1929 ; *Mélanges intimes et marginalia*, *op. cit.*, II, pp. 206-287.
3 *Correspondance*, Bibliothèque de la Pléiade, Paris, Gallimard, 1968, III, p. 393 ; *Mélanges intimes et marginalia*, *op. cit.*, II, p. 254.
4 *Mélanges intimes et marginalia*, *op. cit.*, II, pp. 211, 215, 271 ; et *LP*, pp. 927, 932.
5 Jean Prévost, *La Création chez Stendhal*, Paris, Mercure de France, 1951, p. 311.
6 *Mélanges intimes et marginalia, op. cit.*, II, p. 254 ; et *LP*, pp. 351, 868.
7 *Mélanges intimes et marginalia, op. cit.*, II, p. 262 ; et *LP*, p. 888.
8 *Mélanges intimes et marginalia, op. cit.* II, pp. 216-217, 281, 282 ; et *LP*, pp. 228, 309, 382.
9 *Mélanges intimes et marginalia, op. cit.*, II, pp. 268, 274 ; et *LP*, pp. 811, 849.
10 *Correspondance*, *op. cit.*, III, p. 393.
11 *Mélanges intimes et marginalia, op. cit.*, II, pp. 212, 248, 261, 276 ; et *LP*, pp. 428, 473, 852, 886.

[12] *Mélanges intimes et marginalia, op. cit.*, II, pp. 217, 260 ; et *LP*, pp. 299, 764.
[13] *Mélanges intimes et marginalia, op. cit.*, II, pp. 237, 258 ; et *LP*, pp. 806, 906.
[14] *Correspondance, op. cit.*, III, p. 396 ; et *LP*, p. 893.
[15] La substance de cette fin de chapitre est parue dans *Stendhal Club*, n° 42, 1969, pp. 149-159.
[16] Gilbert Durand, « Lucien Leuwen ou l'héroïsme à l'envers », *Stendhal Club*, I, 3, avril 1959, pp. 201-225.

6. CHRONIQUES ITALIENNES

[1] Divers travaux sur Stendhal et l'Italie ont vu le jour depuis la parution de mon livre en langue anglaise en 1968, notamment : Philippe Berthier, *Stendhal et les peintres italiens*, Genève, Droz, 1977 ; Michel Crouzet, *Stendhal et l'italianité, essai de mythologie romantique*, Paris, José Corti, 1982. À cela, il faut ajouter l'Introduction de Béatrice Didier aux *Chroniques italiennes*, Paris, Garnier-Flammarion, 1977, et celle de Dominique Fernandez dans l'édition Folio, Gallimard, 1973. Il faut aussi mentionner l'étude plus ancienne de Charles Dédeyan, *L'Italie dans l'œuvre romanesque de Stendhal*, SEDES, 1963.
[2] *Histoire de la peinture en Italie*, Paris, Le Divan, 1929, II, pp. 64-67.
[3] *Napoléon*, Paris, Le Divan, 1933, II, pp. 172-190.
[4] *Racine et Shakespeare*, Paris, Le Divan, 1928, pp. 45, 198, 200.
[5] Cité par Henri Martineau dans son introduction à *Rome, Naples et Florence en 1817*, Paris, Le Divan, 1954, p. XIX.
[6] *Vie de Henry Brulard*, dans *Œuvres intimes*, Bibliothèque de la Pléiade, Paris, Gallimard, 1982, II, p. 944.
[7] *Histoire de la peinture en Italie*, *op. cit.*, I, p. 205.
[8] *Rome, Naples et Florence* (1826), dans *Voyages en Italie*, Bibliothèque de la Pléiade, Paris, Gallimard, 1973, p. 338 ; *Histoire de la peinture en Italie*, *op. cit.*, II, p. 191.
[9] *Rome, Naples et Florence*, *op. cit.*, p. 167 ; et aussi dans *Voyages en Italie*, Bibliothèque de la Pléiade, Paris, Gallimard, 1973, p. 138.
[10] Luigi Foscolo Benedetto, *La Parma di Stendhal*, Florence, Sansoni, 1950, pp. 25-44.
[11] *Mélanges intimes et marginalia*, Paris, Le Divan, 1936, II, pp. 179, 181 ; *Chroniques italiennes*, Paris, Le Divan, I, pp. 6, 9.

[12] *Promenades dans Rome*, Paris, Le Divan, 1931, II, p. 327. Voir aussi l'édition Folio, 1997, p. 360. *Mélanges intimes et marginalia, op. cit.*, II, pp. 184, 187.
[13] Voir l'Appendice III dans l'édition Garnier de *La Chartreuse de Parme* (Paris, 1942), p. 490.
[14] *Chroniques italiennes, op. cit.*, I, p. 259 ; ou dans l'édition Garnier-Flammarion, 1977, p. 251.
[15] *Ibid.*, I, p. 13 ; ou dans l'édition Garnier-Flammarion, *op. cit.*, p. 63.
[16] *Ibid.*, I, pp. 29, 36 ; ou dans l'édition Garnier-Flammarion, *op. cit.*, pp. 71, 74.
[17] *Ibid.*, I, pp. 86, 101 ; ou dans l'édition Garnier-Flammarion, *op. cit.*, pp. 108, 113-114.

7. *La Chartreuse de Parme* : prison et poésie de la liberté

1 Enrico Panzacchi, « De Stendhal », *Nuova Antologia*, XXIII, 1885, pp. 377-395.
2 *Journal*, dans *Œuvres intimes*, Bibliothèque de la Pléiade, Gallimard, 1981, I, p. 869.
3 *Vie de Henry Brulard*, dans *Œuvres intimes*, Bibliothèque de la Pléiade, Gallimard, 1982, II, p. 730.
4 Pour des remarques intéressantes sur *Le Rouge et le Noir* et *La Chartreuse de Parme* comme récits de pèlerinages spirituels, voir Claude-Edmonde Magny, *Histoire du roman français depuis 1918*, Seuil, 1950, I, p. 338.
5 Pour une discussion des images théâtrales dans leur rapport avec le sens du réel, voir Judd D. Hubert, « Notes sur la dévaluation du réel dans *La Chartreuse de Parme* », *Stendhal Club*, II, 1959, pp. 47-53.
6 *Œuvres intimes, op. cit.*, II, pp. 912-913.
7 Sur Stendhal comme « docteur d'une nouvelle immoralité », voir Charles Maurras, « Préface » à *Rome, Naples et Florence en 1817*, Champion, 1919, I, p. 34.
8 Pour les nombreux échos de Rousseau, voir Victor Brombert, « Stendhal, lecteur de Rousseau », *Revue des Sciences Humaines*, 92, 1958, pp. 463-482. Pour une discussion du cardinal de Retz comme source de *La Chartreuse*, voir Luigi Magnani, « L'idea della *Chartreuse* », *Paragone*, 38, 1953, pp. 5-27.
9 On trouvera ce genre de reproches dans l'article de A. Lytton Sells, « *La Chartreuse de Parme* : The Problem of Composition », *Modern Language Quarterly*, 12, 1951.

[10] Georges Blin, *Stendhal et les problèmes du roman*, José Corti, 1954, p. 107. La notion de « prison heureuse » se trouve aussi chez Gilbert Durand, qui parle de « délectation de la claustration ». Selon ce critique, la prison occupe chez Stendhal la place des jardins d'Armide dans l'œuvre du Tasse (*Le décor mythique de la Chartreuse de Parme*, José Corti, 1961, pp. 135, 162, 209). Voir aussi les belles pages de Stephen Gilman, *The Tower and the Emblem*, Frankfurt, Vittorio Klostermann, 1967.

[11] Marcel Proust, *À la recherche du temps perdu*, Bibliothèque de la Pléiade, Gallimard, 1988, III, p. 879.

8. Épilogue : Masques et vocation de la solitude

[1] *Lamiel*, Paris, Le Divan, 1948, pp. 84, 223, 246, 252 ; et dans l'édition de Anne-Marie Meininger, Paris, Folio, 1983, pp. 85, 194, 212, 217.

[2] Jacques Rivière et Alain-Fournier, *Correspondance*, 1905-1906, Gallimard, 1926, I, p. 197.

[3] Paul Valéry, « Stendhal », in *Variété. Œuvres*, Bibliothèque de la Pléiade, Gallimard, 1965, I, pp. 554-559.

CHRONOLOGIE

1783	Naissance d'Henri Beyle à Grenoble (23 janvier).
1790	Mort de sa mère, Henriette Beyle.
1796-1799	Henri est élève à l'École centrale de Grenoble. 1er prix en mathématiques.
1799	Part à Paris pour passer l'examen d'entrée à l'École polytechnique, mais préfère songer à la littérature.
1800-1802	Protégé par son parent Pierre Daru, inspecteur aux revues et secrétaire général à la Guerre, il participe à la campagne d'Italie, découvre la Lombardie, puis Milan et le théâtre de la Scala. Amour pour Angela Pietragrua. Sous-lieutenant de dragons, mais déteste la vie militaire. Commence son *Journal* et pense sérieusement à une carrière littéraire.
1802-1806	Vit à Paris. Lit les idéologues (Helvétius, Lancelin, Cabanis, Destutt de Tracy). Prend des leçons de déclamation. Fréquente les théâtres, et travaille à divers projets de pièces. Tombe amoureux d'une jeune actrice, Mélanie Guilbert, qu'il suit en 1805 à Marseille, où elle a un engagement théâtral.
1806-1814	Pierre Daru lui obtient un poste administratif dans l'armée de Napoléon. Part en Allemagne. Adjoint provisoire aux commissaires des guerres à Brunswick. En 1810, entre comme auditeur au Conseil d'État. Vie de dandy à Paris. Voyage en Italie en 1811 ; Angela Pietragrua devient sa maîtresse. Décide d'écrire une histoire de la peinture italienne. 1812 : participe à la retraite de Moscou. Intendant à Sagan en 1813. En 1814, aide à organiser la défense du Dauphiné contre l'invasion.

1814-1821	S'installe à Milan où il vit en dilettante. Liaison orageuse avec Angela Pietragrua. Fréquente les milieux libéraux, s'intéresse à la vie politique et culturelle, à la musique et à l'histoire de l'art. Publie les *Lettres sur Haydn, Mozart et Métastase* (1815). Découvre l'*Edinburgh Review*. 1817 : publication de l'*Histoire de la peinture en Italie* et de *Rome, Naples et Florence* (signé pour la première fois du pseudonyme de Stendhal). En 1818, tombe amoureux de Métilde Dembowski. Écrit *De l'amour* (1820). 1821 : compromis par sa fréquentation des milieux libéraux, soupçonné même d'être un espion, se voit forcé de quitter Milan. Retour à Paris.
1821-1830	Homme de lettres à Paris. Réputation d'homme d'esprit. 1822, publie *De l'amour* et commence à collaborer au *New Monthly Magazine* et à d'autres revues britanniques. Travaille à la *Vie de Rossini*. 1823 : participe à la polémique romantique, publie *Racine et Shakespeare*. Liaisons amoureuses : Clémentine Curial, puis Alberthe de Rubempré. 1825 : deuxième édition de *Racine et Shakespeare*. 1826 : nouvelle édition de *Rome, Naples et Florence*. Publie *Armance* en 1827, et *Promenades dans Rome* en 1829. *Le Rouge et le Noir* paraît en 1830.
1830-1836	Après un bref séjour à Trieste où il été nommé consul après la révolution de 1830 (mais l'Autriche lui refuse l'*exequatur*), est nommé consul à Civitavecchia, dans les États pontificaux. Ennui, maladies, fréquentes absences à Rome. 1832 : écrit les *Souvenirs d'égotisme*. En 1833, commence à découvrir des manuscrits de « chroniques » italiennes. En 1835, travaille à *Lucien Leuwen* et à la *Vie de Henry Brulard*.
1836-1839	Long congé à Paris grâce à la protection du comte Molé. Période d'intense activité littéraire.
1837-1839	Publication de diverses « Chroniques italiennes ».
1838	*Mémoires d'un touriste*.
1839	*La Chartreuse de Parme*. Travaille à *Lamiel*. Retour à son poste de consul à Civitavecchia.
1841	Première attaque d'apoplexie. Retour à Paris en congé de maladie.
1842	Après une nouvelle attaque d'apoplexie le 22 mars, mort de Stendhal, dans la même nuit.

BIBLIOGRAPHIE

Cette bibliographie est limitée aux travaux stendhaliens jugés utiles dans la préparation de mon livre *Stendhal : Fiction and the Themes of Freedom* publié par Random House, New York, en 1968.

Il va de soi qu'après cette date, aucune bibliographie ne saurait ignorer les travaux de Philippe Berthier, Michel Crouzet et Béatrice Didier.

Il faudrait aussi mentionner les travaux et études critiques de Yves Ansel, Josiane Attuel, Peter Brooks, Richard N. Coe, Shoshana Felman, Gérard Genette, Roger Pearson, Daniel Sangsue, Claude Scheiber, Geoffrey Strickland, C.W. Thompson, Margaret Tillett, Michael Wood. Pour plus de détails sur ces études et d'autres, on peut se reporter à n'importe quelle bibliographie stendhalienne récente.

ADAMS Robert M., *Stendhal : Notes on a Novelist*, New York, Noonday Press, 1959.

ARAGON Louis, *La Lumière de Stendhal*, Denoël, 1954.

ARBELET Paul, *La Jeunesse de Stendhal*, Champion, 1919.

ATHERTON John, *Stendhal*, London, Bowes and Bowes, 1965.

AUERBACH Erich, « À l'hôtel de la Mole », dans *Mimésis*, Gallimard, 1968.

BARDÈCHE Maurice, *Stendhal romancier*, Éditions de la Table Ronde, 1947.

BENEDETTO Luigi-Foscolo, *La Parma di Stendhal*, Firenze, Sansoni, 1950.

BLIN Georges, *Stendhal et les problèmes du roman*, José Corti, 1954.

BLIN Georges, *Stendhal et les problèmes de la personnalité*, José Corti, 1958.

BROMBERT Victor, *Stendhal et la voie oblique*, Presses Universitaires de France, 1954.

BROMBERT Victor, éd., *Stendhal : A Collection of Critical Essays*, Englewood Cliffs, Prentice Hall, 1962.
(La collection comprend des textes de Martin Turnell, Erich Auerbach, Jean Prévost, Raymond Giraud, Iving Howe, Judd D. Hubert, Léon Blum, Jean Starobinski, Jean-Pierre Richard, Simone de Beauvoir, Victor Brombert.)

DÉDÉYAN Charles, *L'Italie dans l'œuvre romanesque de Stendhal*, SEDES, 1963.

DEL LITTO Victor, *La Vie intellectuelle de Stendhal*, Presses Universitaires de France, 1959.

DURAND Gilbert, *Le Décor mythique de la Chartreuse de Parme*, José Corti, 1961.

DUTOURD Jean, *L'Âme sensible*, Gallimard, 1959.

GILMAN Stephen, *The Tower and the Emblem*, Frankfurt, Vittorio Klostermann, 1967.

GIRAUD Raymond, « Stendhal – The Bridge and the Gap between two centuries », dans *The Unheroic Hero*, New Brunswick, Rutgers University Press, 1957.

HEMMINGS F.W. J., *Stendhal, A study of his novels*, Oxford, The Clarendon Press, 1964.

HUBERT Judd D., « La dévaluation du réel dans *La Chartreuse de Parme* », *Stendhal Club*, 5, 1959.

IMBERT H.F., Les métamorphoses de la liberté, José Corti, 1967.

LEVIN Harry, *The Gates of Horn : A Study of Five French Realists*, New York, Oxford University Press, 1963.

MAGNANI Luigi, « L'idea della Chartreuse », *Paragone*, 38, 1953, pp. 5-27.

MARTINEAU Henri, *Le Cœur de Stendhal*, 2 vol., Albin Michel, 1952, 1953.

PRÉVOST Jean, *La Création chez Stendhal*, Mercure de France, 1951.

RICHARD Jean-Pierre, « Connaissance et tendresse chez Stendhal », dans *Littérature et Sensation*, Seuil, 1954.

STAROBINSKI Jean, « Stendhal pseudonyme », dans *L'Œil vivant*, Gallimard, 1961.

TURNELL Martin, *The Novel in France*, New York, New Directions, 1951.

TABLE

DU MÊME AUTEUR

LIVRES EN FRANÇAIS

Stendhal et la voie oblique, Presses Universitaires de France, 1954.
Flaubert par lui-même, Seuil, 1971.
La prison romantique, José Corti, 1975.
Victor Hugo et le roman visionnaire, Presses Universitaires de France, 1985.
Les trains du souvenir, Éditions de Fallois, 2005.

LIVRES EN ANGLAIS

The Criticism of T.S. Eliot, Yale University Press, New Haven, 1949
The Intellectual Hero : Studies in the French Novel. 1880-1955, Lippincott, 1961.
The Novels of Flaubert, Princeton University Press, 1966.
Stendhal : Fiction and the Themes of Freedom, Random House, 1968.
The Hidden Reader : Stendhal, Balzac, Hugo, Baudelaire, Flaubert, Harvard University Press, 1988.
In Praise of Antiheroes, Chicago University Press, 1999.
Trains of Thought. Memories of a Stateless Youth, Norton, 2002.

ÉTUDES STENDHALIENNES

Outre *Stendhal et la voie oblique* (1954), *Stendhal : Fiction and the Themes of Freedom* (1968) et le chapitre « Stendhal et les " douceurs de la prison " », dans *La Prison romantique* (1975) :

1. *En français*

« Stendhal : le romancier des interventions », *Aurea Parma* (Omaggio a Stendhal), été 1951, pp. 153-164.
« Stendhal lecteur de Rousseau », *Revue des Sciences Humaines*, octobre-décembre 1958, pp. 463-482.
« *La Chartreuse de Parme* et les thèmes de la liberté », *Aurea Parma* (Omaggio a Stendhal), mai-décembre 1967, pp. 3-9.

« Lucien Leuwen : identité et émancipation », *Stendhal Club*, janvier 1969, pp. 149-159.

« Présentation », numéro spécial sur « Stendhal aux États-Unis », *Stendhal Club*, janvier 1978, pp. 117-119.

« Présentation », deuxième numéro spécial sur « Stendhal aux États-Unis », *Stendhal Club*, janvier 1979, pp. 93-94.

« Henry Brulard : ironie et continuité », dans *Dilemmes du roman*, éd. Catherine Lafarge, Anima Libri, 1983, pp. 353-360 ; repris dans *Stendhal et le comique*, éd. Daniel Sangsue, Université Stendhal, Grenoble, 1999, pp. 147-155.

« Stendhal et mes tours de San Gimignano », *H.B.*, Revue internationale d'études stendhaliennes, 2000, pp. 7-10.

2. *En anglais*

« Stendhal : Creation and Self-Knowledge », *The Romanic Review*, XLIII, 1952, pp. 190-197.

« Stendhal, Analyst or Amorist » », *Yale French Studies*, II, 1953, pp. 39-48.

« Stendhal and the Dynamics of Contempt », *Bucknell Review*, VII, 1958, pp. 241-248.

Stendhal : A collection of critical essays, ed. and introduction by Victor Brombert, Prentice Hall, 1962.

« Introduction » to Stendhal's *Travels in the South of France*, The Orion Press, 1970, pp. VII-XI.

« Stendhal's Silken Prison », in *The Author in his Work*, ed. Louis Martz and Aubrey Williams, Yale University Press, 1978, pp. 365-373.

3. *En espagnol*

« Introducción », Stendhal, *Novelas y relatos*, Biblioteca de Literatura Universal, 2002, pp. XI-XXVIII.

Achevé d'imprimer sur les presses de

BUSSIÈRE
GROUPE CPI

à Saint-Amand-Montrond (Cher)
en octobre 2007

N° d'édition : 590. N° d'impression : 073438/1.
Dépôt légal : octobre 2007.

Imprimé en France